我的心不止于这世界

季羡林读书与行走

季羡林 著

中国致公出版社　知音动漫

图书在版编目（CIP）数据

我的心不止于这世界：季羡林读书与行走 / 季羡林 著. —— 北京：中国致公出版社，2019

（大师与少年）

ISBN 978-7-5145-1250-2

Ⅰ.①我… Ⅱ.①季… Ⅲ.①散文集 – 中国 – 当代 Ⅳ.①I267

中国版本图书馆CIP数据核字(2018)第266662号

我的心不止于这世界：季羡林读书与行走 / 季羡林 著

出　　版	中国致公出版社
	（北京市海淀区翠微路2号院科贸楼）
出　　品	湖北知音动漫有限公司
	（武汉市东湖路169号）
发　　行	中国致公出版社（010-85869872）
作品企划	知音动漫图书·文艺坊
责任编辑	尤　敏　梁玉刚　方　莹　张　琦
策划编辑	方　莹
装帧设计	余诗立
印　　刷	浙江新华数码印务有限公司
版　　次	2019年4月第1版
印　　次	2019年4月第1次印刷
开　　本	875mm×700mm　1/16
印　　张	16.75
字　　数	195千字
书　　号	ISBN 978-7-5145-1250-2
定　　价	39.80元

版权所有，盗版必究（举报电话：027-68890818）

（如发现印装质量问题，请寄本公司调换，电话：027-68890818）

我的心不止于这世界

我一闭眼,仿佛就能看到一个八岁的孩子,用一根前面弯成钩的铁条,推着一个铁圈,在升官街上从东向西飞跑,耳中仿佛还能听到铁圈在青石板路上滚动的声音。

这就是我。

"我"是季羡林。世人眼中的"国宝""学界泰斗""国学大师",却在晚年三辞不受,"三顶桂冠一摘,还我一个自由自在身。身上的泡沫洗掉了,露出了真面目,皆大欢喜"。还是要做那个"曾经的红衣少年",那个在升官街上滚铁圈的喜子。

他坦荡笃定,舍弃了虚名浮利之后,不惧岁月凝视的真实。也许,他早已参透，人的一生看似是走向终点，本质却是迈向生命的原点，淳朴恬澹、本色天然，才是生命该有的样子。

他乐观豁达，幽默中带着些许的孩子气，一生都在向世人展示一个最真实的自己。他总自嘲"少无大志"，戏弄老师、爱看闲书、虚荣心强，却被北大和清华同时录取了；他六岁离家，到大二时母亲离世，十几年间，只短暂地回家过两次，他是"一个最爱母亲的人"，写过无数回忆母亲的文章，却"又是一个享受母爱最少的人"；他留学十载，科研之路成果斐然，却错失了与家人相濡以沫的岁月……

人生从不都是坦途，路太长了，必定有深山大泽，也有平坡宜人；有杏花春雨，也有塞北秋风；有山重水复，也有柳暗花明；有迷途知返，也有绝处逢生。他从不避讳，平和面对生活种种，诚恳地书写孤独，畅谈恐惧，坚毅求索，把一个赤裸裸的自己推向舞台，只为"向读者献上一份真诚"。

也因此，他无比喜爱"天真无邪，率性而行"的小动物，也无比热爱天下第一好事——读书，置身书斋而寰游宇内，面对苦难而安静守拙，以此对抗生命的电光石火，岁月的无可回头。这样的"真"和"朴"，就像故乡苇坑里那个平凡的小月亮一样，是他生命中永恒的力量。

北大教授谢冕也曾感喟："一切的伟大只因它来自平凡，并由平凡构成；伟大无需装饰，也不可形容，伟大只能是它自身。正是由于这样不可辨认的一般和平常，却生发出逼人的辉煌。我从季羡林先生的身上，深刻地感受到这一点。"

行至耄耋，他却愈战愈勇，抱着"纵浪大化中，不喜亦不惧"的精神，走过书卷，走过日月，不断深入神秘的领域，无限延展自己的世界。他用一颗真诚、敏感、坚毅而又博大的心，带领我们穿过日常的平庸与乏味，拥抱生命的通透与澄澈。

是的，未来的路也不会更笔直，更平坦，但我并不恐惧。

因为，我的心不止于这世界。

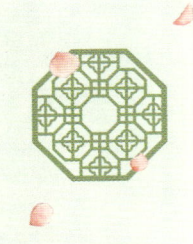

目录

故·园·之·恋

002	我的童年
011	寻梦
015	怀念母亲
019	我的小学和中学
022	我在北园山大附中的学习生活
029	赋得永久的悔
035	三个小女孩
042	一条老狗
049	老猫
060	月是故乡明

草·木·之·思

066	枸杞树
071	马缨花
076	夹竹桃
079	二月兰
085	槐花
088	石榴花
093	神奇的丝瓜
096	美人松

书·香·之·旅

102	清华梦忆
106	清塘荷韵
111	我在清华大学念书的时候
123	园花寂寞红
127	幽径悲剧
131	去故国——欧游散记之一
136	表的喜剧——欧游散记之一
141	听诗——欧游散记之一
148	在德国——自己的花是让别人看的

造·化·之·情

152	游石钟山记
155	登庐山
159	登黄山记
174	大觉寺
183	山中逸趣
187	黄昏
192	听雨
197	雾

劝·学·之·殷

- 202　开卷有益
- 205　"天下第一好事,还是读书"
- 208　我的书斋
- 211　写文章
- 213　丢书之痛
- 215　一个老留学生的话
- 220　两行写在泥土地上的字

无·解·之·问

- 226　八十述怀
- 231　生命冥想
- 236　不完满才是人生
- 239　缘分与命运
- 242　谦虚与虚伪
- 244　成功
- 247　论压力
- 249　三思而行
- 251　有为有不为

我这永久的悔就是：不该离开故乡，不该离开母亲。世界上无论什么名誉，什么地位，什么尊荣，都比不上待在母亲身边，即使她一个字也不识，即使整天吃『红的』。

故·园·之·恋

我的童年

> 今天我把自己的童年尽可能真实地描绘出来,不管还多么不全面,不管怎样挂一漏万,也不管我的笔墨多么笨拙,就是上面写出来的那一些,我们今天的儿童读了,不是也可以从中得到一点儿启发、从中悟出一些有用的东西来吗?

回忆起自己的童年来,眼前没有红,没有绿,是一片灰黄。

七十多年前的中国,刚刚推翻了清代的统治,神州大地,一片混乱,一片黑暗。我最早的关于政治的回忆,就是"朝廷"二字。当时的乡下人管当皇帝叫坐朝廷,于是"朝廷"二字就成了皇帝的别名。我总以为朝廷这种东西似乎不是人,而是有极大权力的玩意儿。乡下人一提到它,好像都肃然起敬。我当然更是如此。总之,当时皇威犹在,旧习未除,是大清帝国的继续,毫无万象更新之象。

我就是在这新旧交替的时刻,于1911年8月6日,生于山东省清平县(现为临清市)的一个小村庄——官庄。当时全中国的经济形势是南方富而山东(也包括北方其他省份)穷。专就山东论,是东部富西部穷。我们县在山东西部又是最穷的县,我们村在穷县中是最穷的村,而我们家在全村中又是最穷的家。

我们家据说并不是一向如此。在我诞生前，似乎也曾有过比较好的日子。可是我降生时，祖父、祖母都已去世。我父亲的亲兄弟共有三人，最小的一个（大排行是第十一，我们把他叫十一叔）送给了别人，改了姓。我父亲同另外的一个弟弟（九叔）孤苦伶仃，相依为命，房无一间，地无一垄，两个无父无母的孤儿，活下去是什么滋味，活着是多么困难，概可想到。他们的堂伯父是一个举人，是方圆几十里最有学问的人物，做官做到一个什么县的教谕，也算是最大的官。他曾养育过我父亲和叔父，据说待他们很不错。可是家庭大，人多是非多。他们俩有几次饿得到枣林里去捡落到地上的干枣充饥。最后还被迫弃家（其实已经没了家）出走，兄弟俩逃到济南去谋生。

我父亲和叔父到了济南以后，人地生疏，拉过洋车，扛过大件，当过警察，卖过苦力。叔父最终站住了脚。于是兄弟俩一商量，让我父亲回老家，叔父一个人留在济南挣钱，寄钱回家，供我的父亲过日子。

我出生以后，家境仍然是异常艰苦。一年吃白面的次数有限，平常只能吃红高粱面饼；没有钱买盐，把盐碱地上的土扫起来，在锅里煮水，腌咸菜；什么香油，根本见不到。一年到头，就吃这种咸菜。举人的太太，我管她叫奶奶，她很喜欢我。我三四岁的时候，每天一睁眼，抬腿就往村里跑（我们家在村外），跑到奶奶跟前，只见她把手一卷，卷到肥大的袖子里面，手再伸出来的时候，就会有半个白面馒头拿在手中，递给我。我吃起来，仿佛是龙胆凤髓一般，我不知道天下还有比白面馒头更好吃的东西。这白面馒头是她的两个儿子（每家有几十亩地）特别孝敬她的。她喜欢我这个孙子，每天总省下半个，留给我吃。在长达几年的时间内，这是我每天最高的享受，最大的愉快。

大概到了四五岁的时候，对门住的宁大婶和宁大姑，每到夏秋收割庄稼的时候，总带我走出去老远，到别人割过的地里去拾麦子或者豆子、谷子。一天辛勤之余，可以捡到一小篮麦穗或者谷穗。晚上回家，把篮子递给母亲，看样子她是非常喜欢的。有一年夏天，大概我拾的麦子比较多，她把麦粒磨成面粉，贴了一锅面饼子。我大概是吃出味道来了，吃完了饭以后，我又偷了一块吃，让母亲看到了，赶着要打我。我当时是赤条条，浑身一丝不挂，我逃到房后，往水坑里一跳。母亲没有法子下来捉我，我就站在水中把剩下的白面饼子尽情地享受了。

现在写这些事情还有什么意义呢？这些芝麻绿豆般的小事是不折不扣的身边琐事，使我终生受用不尽。它有时候能激励我前进，有时候能鼓舞我振作。我一直到今天，对日常生活要求不高，对吃喝从不计较，难道同我小时候的这些经历没有关系吗？我看到一些独生子女的父母那样溺爱子女，也颇不以为然。儿童是祖国的花朵，花朵当然要爱护；但爱护要得法，否则无疑是坑害子女。

不记得是从什么时候起，我开始学着认字，大概也总在四岁到六岁之间。我的老师是马景功先生。现在我无论如何也记不起有什么类似私塾之类的场所，也记不起有什么《百家姓》《千字文》之类的书籍。我那一个家徒四壁的家就没有一本书，连带字的什么纸条子也没有见过。反正我总是认了几个字，否则哪里来的老师呢？马景功先生的存在是不能怀疑的。

虽然没有私塾，但是小伙伴是有的。我记得最清楚的有两个：一个叫杨狗，我前几年回家，才知道他的大名，他现在还活着，一字不识；另一个叫哑巴小（意思是哑巴的儿子），我到现在也没有弄清楚他姓甚名谁。我们三个天天在一起玩，洑水、打枣、捉知了、摸虾……不见不散，一天也不间断。后来听说哑巴小当了山大王，练就了一身蹿房越脊的惊人本领，能用手指抓住大庙的橡子，浑身悬空，围绕大殿走一周。有一次被捉住，是十冬腊月，赤身露体，浇上凉水，被捆起来，倒挂一夜，仍然能活着。据说他从来不到官庄来作案——兔子不吃窝边草，这是绿林英雄的义气。后来终于被捉杀掉。我每次想到这样一个光着屁股游玩的小伙伴，竟成为这样一个英雄，就颇有骄傲之意。

在故乡只待了六年，我能回忆起来的事情还多得很，但是我不想再写下去了，已经到了同我那一个一片灰黄的故乡告别的时候了。

我六岁那一年，是在春节前夕，公历可能已经是1917年，我离开父母，离开故乡，是叔父把我接到济南去的。叔父此时大概日子已经可以了，他兄弟俩只有我一个男孩子，想把我培养成人，将来能光大门楣，只有到济南去一条路。这可以说是我一生中最关键的一个转折点，否则我今天仍然会在故乡种地（如果我能活着的话），这当然算是一件好事。但是好事也会有成为坏事的时候。"文化大革命"中间，我曾有几次想到：如果我叔父不把我从故乡接到济南的话，我总能过一个浑浑噩噩但却舒舒服服的日子，哪能被"革命家"打倒在地，身上踏上一千只脚还要永世不得翻身呢？呜呼，世事多变，人生易老，真叫作没有法子！

到了济南以后，过了一段难过的日子。一个六七岁的孩子离开母亲，他心里会是什么滋味，非有亲身经历者，实难体会。我曾有几次从梦里哭着醒来。尽管此时不但能吃上白面馒头，而且还能吃上肉；但是我宁愿再啃红高粱饼子就苦咸菜。这种愿望当然只是一个幻想。我毫无办法，久而久之，也就习以为常了。

叔父望子成龙，对我的教育十分关心。先安排我在一个私塾里学习。老师是一个白胡子老头，面色严峻，令人见而生畏。每天入学，先向孔子牌位行礼，然后才是赵钱孙李。接着，叔父又把我送到一师附小去念书。这个地方在旧城墙里面，街名叫升官街，看上去很堂皇，实际上"官者，棺也"，整条街都是做棺材的。此时五四运动大概已经起来了。校长是一师校长兼任，他是山东得风气之先的人物，在一个小学生眼里，他是一个大人物，轻易见不到面。想不到在十几年以后，我大学毕业到济南高中去教书的时候，我们俩竟成了同事，他是历史教员。我执弟子礼甚恭，他则再三逊谢。我当时觉得，人生真是变幻

莫测啊！因为校长是维新人物，我们的国文教材就改用了白话。教科书里面有一篇课文，叫作《阿拉伯的骆驼》。故事是大家熟知的，但当时对我却是陌生而又新鲜，我读起来感到非常有趣味，简直是爱不释手。然而这篇文章却惹了祸。有一天，叔父翻看我的课本，我只看到他蓦地勃然变色。骆驼怎么能说人话呢？他愤愤然了。这个学校不能念下去了，要转学！

于是我转了学。转学手续比现在要简单得多，只经过一次口试就行了。而且口试也非常简单，只出了几个字叫我们认。我记得字中间有一个"骡"字。我认出来了，于是定为高一。另一个比我大两岁的亲戚没有认出来，于是定为初三。为了一个字，我占了一年的便宜，这也算是轶事吧。

这个学校靠近南圩子墙，校园很空阔，树木很多。花草茂密，景色算是秀丽的。在用木架子支撑起来的一座柴门上面，悬着一块木匾，上面刻着四个大字：循规蹈矩。我当时并不懂这四个字的含义，只觉得笔画多得好玩而已。我就天天从这个木匾下出出进进，上学，游戏。当时立匾者的用心，到了后来我才了解，无非是想让小学生规规矩矩做好孩子而已。但是用了四个古怪的字，小孩子谁也不懂，结果形同虚设，多此一举。

我循规蹈矩了没有呢？大概是没有。我们一个珠算教员，眼睛长得凸了出来，我们给他起了一个绰号，叫作Shao-qianr（济南话，意思是知了）。他待学生特别蛮横。打算盘，错一个数，打一板子。打算盘错上十个八个数，甚至上百数，是很难避免的。我们都挨了不少板子。不知是谁一嘀咕：我们架（小学生的行话，意思是赶走）他！立刻得到大家的同意。我们一群十岁左右的小孩子也要造反了。大家商定：他上课时，我们把教桌弄翻，然后一起离开教室，躲在假山背后。我们自己认为这个锦囊妙计实在非常高明；如果成功了，这位教员将无颜见人，非卷铺盖回家不可。然而我们班上出了叛徒，虽然只有几个人，他们想拍老师马屁，没有离开教室。这一来，大大长了老师的气焰，他知道自己还有群众，于是威风大振，把我们这一群不知道天高地厚的叛逆者，狠狠地用大竹板把手心打了一阵。我们每个人的手都肿得像发面馒头，然而没有一个人掉泪。我以后每次想到这一件事，就觉得完全可以写进我的优胜计略中去。

谈到学习，我记得在三年之内，我曾考过两个甲等第三（只有三名甲等），两个乙等第一，总起来看，属于上等；但是并不拔尖。实际上，我当时并不用功，玩的时候多，念书的时候少。我们班上考甲等第一的叫李玉和，年年都是第一。他比我大五六岁，好像已经很成熟了，死记硬背，刻苦努力，天天皱着眉头，不见笑容，也不同我们打闹。我从来就是少无大志，一点儿也不想争那个状元。但是我对我这一位老学长并无敬意，还有点儿瞧不起的意思，觉得他是非我族类。

我虽然对正课不感兴趣，但是也有我非常感兴趣的东西，那就是看小说。我叔父是古板人，把小说叫作闲书，闲书是不许我看的。在家里的时候，我书桌下面盖着一个盛白面的大缸，上面盖着一个用高粱秆编成的盖垫（济南话）。我坐在桌旁，桌上摆着《四书》，我看的却是《彭公案》《济公传》《西游记》《三国演义》等旧小说。《红楼梦》大概太深，我看不懂其中的奥妙，黛玉整天价哭哭啼啼，为我所不喜，因此看不下去。其余的书都是看得津津有味。冷不防叔父走了进来，我就连忙掀起盖垫，把闲书往里一丢，嘴巴里念起"子曰、诗云"来。

到了学校里，用不着防备什么，一放学，就是我的天下。我往往躲到假山的背后，或者一个盖房子的工地上，拿出闲书，狼吞虎咽似地大看起来。常常是忘记了时间，忘记了吃饭，有时候到了天黑，才摸回家去。我对小说中的绿林好汉非常熟悉，他们的姓名背得滚瓜烂熟，连他们用的兵器也如数家珍，比教科书熟悉多了。自己当然也希望成为那样的英雄。有一回，一个小朋友告诉我，把右手五个指头往大米缸里猛戳，一而再，再而三，一直戳到几百次，上千次。

练上一段时间以后，再换上砂粒，用手猛戳，最终可以练成铁砂掌，五指一戳，能够戳断树木。我颇想有一个铁砂掌，信以为真，猛练起来，结果把指头戳破了，鲜血直流。知道自己与铁砂掌无缘，遂停止不练。

学习英文，也是从这个小学开始的。当时对我来说，外语是一种非常神奇的东西。我认为，方块字是天经地义，不用方块字，只弯弯曲曲像蚯蚓爬过的痕迹一样，居然能发出音来，还能有意思，简直是不可思议。越是神秘的东西，便越有吸引力。我对英文就有极大的吸引力。我万万没有想到，望之如海市蜃楼般的可望而不可即的东西竟然唾手可得了。我现在已经记不清楚，学习的机会是怎么来的。大概是有一位教员会一点儿英文，他答应晚上教一点儿，可能还要收点儿学费。总之，一个业余英文学习班很快就组成了，参加的大概有十几个孩子，究竟学了多久，我已经记不清楚，时候好像不太长，学的东西也不太多，26个字母以后，学了一些单词。我当时有一个非常伤脑筋的问题：为什么"是、和、有"算是动词，它们一点儿也不动嘛。当时老师答不上来；到了中学，英文老师也答不上来。当年用动词来译英文 verb 的人，大概不会想到他这个译名惹下的祸根吧。

每次回忆学习英文的情景时，我眼前总有一团零乱的花影，是绛紫色的芍药花。原来在校长办公室前的院子里有几个花畦，春天一到，芍药盛开，都是绛紫色的花朵。白天走过那里，紫花绿叶，极为分明。到了晚上，英文课结束后，再走过那个院子，紫花与绿花化成一个颜色，朦朦胧胧的一堆一团，因为有白天的印象，所以还知道它们的颜色。但夜晚的眼前，却只能看到花影，鼻子似乎有点儿花香而已。这一幅情景伴随了我一生，只要是一想起学习英文，这一幅美妙无比的情景就浮现到眼前来，带给我无量的幸福与快乐。

然而时光像流水一般飞逝，转瞬三年已过：我小学该毕业了，我要告别这一个美丽的校园了。我 13 岁那一年，考上了城里的正谊中学。我本来是想考鼎鼎大名的第一中学的，但是我左衡量、右衡量，总觉得自己这一块料分量不够，还是考与烂育英齐名的破正谊吧。我上面说到我幼无大志，这又是一个证明。正谊虽破，风景却美：背靠大明湖，万顷苇绿，十里荷香，不啻人间乐园。然而到了这里，我算是已经越过了童年，不管正谊的学习生活多么美妙，我也好搁笔，且听下回分解了。

综观我的童年，从一片灰黄开始，到了正谊算是到达了一片浓绿的境界，我进步了。但这只是从表面上来看，如果从生活的内容上来看，依然是一片灰黄。即使到了济南，我的生活也难找出什么有声有色的东西。我从来没有什么玩具，自己把细铁条弄成一个圈，再弄个钩一推，就能跑起来，自己就非常高兴了。贫困、单调、死板、固执，是我当时生活的写照。 接受外面信息，仅凭五官。什么电视机、收录机，连影儿都没有。我小时连电影也没有看过，其余概可想象了。

今天的儿童有福了，他们有多少花样翻新的玩具呀！他们有多少儿童乐园、儿童活动中心呀！他们饿了吃面包，渴了喝这可乐，那可乐，还有牛奶、冰激凌；电影看厌了，看电视；广播听厌了，听收录机。信息从天空、海外，越过高山大川，纷纷蜂拥而来。他们才真是儿童不出门，便知天下事情。可是他们偏偏不知道旧社会。就拿我来说，如果不认真回忆，我对旧社会的情景也逐渐淡漠，有时竟淡如云烟了。

今天我把自己的童年尽可能真实地描绘出来，不管还多么不全面，不管怎样挂一漏万，也不管我的笔墨多么笨拙，就是上面写出来的那一些，我们今天的儿童读了，不是也可以从中得到一点儿启发、从中悟出一些有用的东西来吗？

1986 年 6 月 6 日

寻 梦

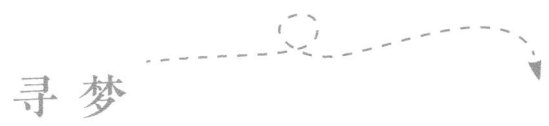

> 我向外怅望,希望发现母亲的踪迹。但看到的却是每天看到的那一排窗户,现在都沉浸在静寂中,里面的梦该是甜蜜的吧!

夜里梦到母亲,我哭着醒来。醒来再想捉住这梦的时候,梦却早不知道飞到什么地方去了。

我瞪大眼睛看着黑暗,一直看到只觉得自己的眼睛在发亮。眼前飞动着梦的碎片,但当我想到把这些梦的碎片捉起来凑成一个整体的时候,连碎片也不知道飞到什么地方去了。眼前剩下的就只有母亲依稀的面影……

在梦里向我走来的就是这面影。我只记得,当这面影才出现的时候,四周灰蒙蒙的,母亲仿佛从云堆里走下来,脸上的表情有点儿同平常不一样,像笑,又像哭,但终于向我走来了。

我是在什么地方呢?这连我自己也有点儿弄不清楚。最初我觉得自己是在现在住的屋子里。母亲就这样一推屋角上的小门,走了进来。橘黄色的电灯罩的穗子就罩在母亲头上。于是我又想了开去，想到格丁根的全城：我每天去上课走过的两旁，有惊人的粗橡树的古旧城墙，斑驳陆离的灰黑色的老教堂，教堂顶上高得有点儿古怪的尖塔，尖塔上面的晴空。

然而，我的眼前一闪，立刻闪出一片芦苇，芦苇的稀薄处还隐隐约约地射出了水的清光。这是故乡里屋后面的大苇坑。于是我立刻觉到，不但我自己是在这苇坑的边上，连母亲的面影也是在这苇坑的边上向我走来了。我又想到，当我童年还没有离开故乡的时候，每个夏天的早晨，天还没亮，我就起来，沿这苇坑走去，很小心地向水里面看着。当我看到暗黑的水面下，有什么东西在发着白亮的时候，我伸下手去一摸，是一只白而且大的鸭蛋。我写不出当时快乐的心情。这时再抬头看，往往可以看到对岸空地里的大杨树顶上，正有一抹淡红的朝阳——两年前的一个秋天，母亲就静卧在这杨树的下面，永远地，永远地。现在又在靠近杨树的坑旁，看到她生前八年没见面的儿子了。

但随后这苇坑闪出的却是一枝白色灯笼似的小花，而且就在母亲的手里。我真想不出故乡里什么地方有过这样的花。我终于又想了回来，想到格丁根，想到现在住的屋子，屋子正中的桌子上，两天前房东曾给摆上这样一瓶花。那么，母亲毕竟是到格丁根来过了，梦里的我也毕竟在格丁根见过母亲了。

想来想去，眼前的影子渐渐乱了起来。教堂尖塔的影子套上了故乡的大苇坑。在这不远的后面，又现出一朵朵灯笼似的白花。在这一些的前面，若隐若现的是母亲的面影。我终于也不知道究竟在什么地方看到的母亲了。我努力压住思绪，使自己的心静了下来，窗外立刻传来潺潺的雨声，枕上也觉得微微有些寒意。我起来拉开窗幔，一缕清光透进来。我向外怅望，希望发现母亲的踪迹。但看到的却是每天看到的那一排窗户，现在都沉浸在静寂中，里面的梦该是甜蜜的吧！

但我的梦却早飞得连影儿都没有了，只在心头有一线白色的微痕，蜿蜒出去，从这异域的小城一直到故乡大杨树下母亲的墓边；还在暗暗地替母亲担着心：这样的雨夜，怎能跋涉这样长的路来看自己的儿子呢？此外，眼前只是一片空蒙，什么东西也看不到了。

天哪！连一个清清楚楚的梦都不给我吗？我怅望灰天，在泪光里，幻出母亲的面影。

1936 年 7 月 11 日于格丁根

怀念母亲

> 我一生有两个母亲,一个是生我的母亲,一个是我的祖国母亲。我对这两个母亲怀着同样崇高的敬意和同样真挚的爱慕。

我一生有两个母亲:一个是生我的那个母亲,一个是我的祖国母亲。我对这两个母亲怀着同样崇高的敬意和同样真挚的爱慕。

我六岁离开我的生母,到城里去住。中间曾回故乡两次,都是奔丧,只在母亲身边待了几天,仍然回到城里。最后一别八年,在我读大学二年级的时候,母亲弃养,只活了四十多岁。我痛哭了几天,食不下咽,寝不安席。我真想随母亲于地下。我的愿望没能实现,从此我就成了没有母亲的孤儿,一个缺少母爱的孩子,是灵魂不全的人。我怀着不全的灵魂,抱终天之恨。一想到母亲,就泪流不止,数十年如一日。如今到了德国,来到格丁根这一座孤寂的小城,不知道是为什么,母亲频来入梦。

我的祖国母亲,我这是第一次离开她。离开的时间只有短短几个月,不知道是为什么，我这个母亲也频来入梦。

为了保存当时真实的感情，避免用今天的情感篡改当时的感情，我现在不加叙述，不做描绘，只从初到格丁根的日记中摘抄几段：

1935年11月16日

不久，外面就黑起来了。我觉得这黄昏的时候最有意思。我不开灯，只沉默地站在窗前，看暗夜渐渐织上天空，织上对面的屋顶。一切都沉在朦胧的薄暗中。我的心往往在沉静到不能再沉静的氛围里，活动起来。这活动是轻微的，我简直不知道有这样的活动。我想到故乡，想到故乡里的老朋友，心里有点儿酸酸的，有点儿凄凉。然而这凄凉并不同普通的凄凉一样，是甜蜜的，浓浓的，有说不出的味道，浓浓地糊在心头。

1935年11月18日

从好几天以前，房东太太就对我说，她的儿子今天回来，从学校回家来，她高兴得不得了……但儿子就是不回来，她的神色有点儿沮丧。她又说，晚上还有一趟车，说不定他会回来的。我看到她的神气，想到自己的在故乡地下卧着的母亲，真想哭！我现在才知道，古今中外的母亲都是一样的！

1935年11月20日

我现在还真是想家，想故国，想故国里的朋友。我有时简直想得不能忍耐。

1935 年 11 月 28 日

我仰在沙发上,听风声在窗外路过。风里夹着雨。天色阴得如黑夜。心里思潮起伏,又想起故国了。

1935 年 12 月 6 日

近几天来,心情安定多了。以前我真觉得两年太长;同时,在这里无论衣食住行,哪一方面都感到不舒服,所以这两年简直似乎无论如何也忍受不下来了。

从初到格丁根的日记里,我暂时引用这几段。实际上,类似的地方还有不少,从这几段中也可见一斑了。总之,我不想在国外待。一想到我的母亲和祖国母亲,就心潮腾涌,惶惶不可终日,留在国外的念头连影儿都没有。几个月以后,在 1936 年 7 月 11 日,我写了一篇散文,题目叫《寻梦》。开头一段是:

夜里梦到母亲,我哭着醒来。醒来再想捉住这梦的时候,梦却早不知道飞到什么地方去了。

下面描绘在梦里见到母亲的情景。
最后一段是:

天哪!连一个清清楚楚的梦都不给我吗?我怅望灰天,在泪光里,幻出母亲的面影。

我在国内的时候，只怀念，也只有可能怀念一个母亲。现在到国外来了，在我的怀念中，就增添了一个祖国母亲。这种怀念，在初到格丁根的时候异常强烈，以后也没有断过。对这两位母亲的怀念，一直伴随着我度过了在德国的十年，在欧洲的十一年。

我的小学和中学

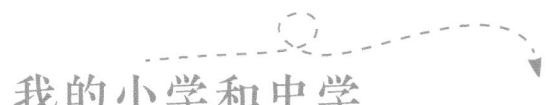

> 我一闭眼,仿佛就能看到一个八岁的孩子,用一根前面弯成钩的铁条,推着一个铁圈,在升官街上从东向西飞跑,耳中仿佛还能听到铁圈在青石板路上滚动的声音。这就是我。

我在记忆里深挖,再深挖,实在挖不出多少东西来。学校的整个建筑,一团模糊。教室的情况,如云似雾。教师的名字,一个也记不住。学习的情况,如海上三山,糊里糊涂。总之,是一点具体的影像也没有。我只记得,李长之是我的同班。因为他后来成了名人,所以才记得清楚,当时对他的印象也是模糊不清的。最奇怪的是,我记得了一个叫卞蕴珩的同学。他大概是长得非常漂亮,行为也极潇洒。对于一个七八岁的孩子来说,男女外表的美丑,他们是不关心的。可不知为什么,我竟记住了卞蕴珩,只是这个名字我就觉得美妙无比。此人后来再没有见过。对我来说,他成为一条神龙。

此外,关于我自己,还能回忆起几件小事。首先,我做过一次生意。我住在南关佛山街,走到西头,过马路就是正觉寺街。街东头有一个地方,叫新桥。这里有一所炒卖五香花生米的小铺子。铺子虽小，名气却极大。这里的五香花生米（济南俗称长果仁）又咸又香，远近驰名。我经常到这里来买。我上一师附小，一出佛山街就是新桥，可以称为顺路。有一天，不知为什么，我忽发奇想，用自己从早点费中积攒起来的一些小制钱（中间有四方孔的铜币）买了半斤五香长果仁，再用纸分包成若干小包，带到学校里向小同学兜售，他们都震于新桥花生米的大名，纷纷抢购，结果我赚了一些小制钱，尝到了做买卖的甜头，偷偷向我家的阿姨王妈报告。这样大概做了几次。我可真没有想到，自己在七八岁时竟显露出来了做生意的"天才"。可惜我"误"入"歧途"，"天才"没有得到发展。否则，如果我投笔从贾，说不定我早已成为一个大款，挥金如土，不像现在这样柴、米、油、盐、酱、醋、茶，都要斤斤计算了。我是一个被埋没了的"天才"。

还有一件小事，就是滚铁圈。我一闭眼，仿佛就能看到一个八岁的孩子，用一根前面弯成钩的铁条，推着一个铁圈，在升官街上从东向西飞跑，耳中仿佛还能听到铁圈在青石板路上滚动的声音。这就是我。有阵子，我迷上了滚铁圈这种活动。在南门内外的大街上没法推滚，因为车马行人，喧闹拥挤。一转入升官街，车少人稀，英雄就大有用武之地了。我用不着拐弯，一气就推到附小的大门。

然而，世事多变，风云突起。为了一件没有法子说是大是小的，说起来简直是滑稽的事儿，我离开了一师附小，转了学。原来，当时正是五四运动风起云涌的时候，而一师校长王祝晨是新派人物，立即起来响应，改文言为白话。忘记了是哪个书局出版的国文教科书中，选了一篇名传世界的童话《阿拉伯的骆驼》，内容讲的是：在沙漠大风暴中，主人躲进自己搭起来的帐篷，而把骆驼留在帐外。骆驼忍受不住风沙之苦，哀告主人说：

"只让我把头放进帐篷里行不行?"主人答应了;过了一会儿,骆驼又哀告说:"让我把前身放进去行不行?"主人又答应了;又过了一会儿,骆驼又哀告说:"让我全身都进去行不行?"主人答应后,自己却被骆驼挤出了帐篷。童话的意义是非常清楚的。但是天有不测风云,这篇课文竟让叔父看到了。他大为惊诧,高声说:"骆驼怎么能说话呢!荒唐!荒唐!转学!转学!"

于是我立即转了学。从此,一师附小只留在我的记忆中了。

2002 年 2 月 28 日

我在北园山大附中
的学习生活

> 虽然已经步行了二十多里路,却一点也感不到疲倦。同来时比较起来,仿佛感到天空更蓝,白云更白,绿水更绿,草色更青,荷花更红,荷叶更圆,蝉声更响亮,鸟鸣更悦耳……这是我第一次用自己省下来的钱买自己心爱的英文书的感觉,七十多年以后的今天,一回忆起来,仍仿佛就在眼前。

关于生活,上面谈到的学生生活,我都有份儿,这里用不着再来重复。

但是,我也有独特的地方,我喜欢自然风光,特别是早晨和夜晚。早晨,在吃过早饭以后上课之前,在春秋佳日,我常一个人到校舍南面和西面的小溪旁去散步,看小溪中碧水潺潺,绿藻漂动,顾而乐之,往往看上很久。到了秋天,夜课以后,我往往一个人走出校门在小溪边上徘徊流连。上面我曾提到王崑玉老师出的作文题《夜课后闲步校前溪观捕蟹记》,讲的就是这个情景。我最喜欢看的就是捕蟹。附近的农民每晚来到这里,用苇箔插在溪中,小溪很窄,用不了多少苇箔,水能通过苇箔流动,但是鱼蟹则是过不去的。农民点一盏煤油灯,放在岸边。我在回忆正谊中学的文章中,曾说到蛤蟆和虾是动物中的笨伯。现在我要说,螃蟹绝不比它们聪明。在夜里,只要看见一点亮,就从芦苇丛中爬出来,奋力爬去,爬到灯边,农民一伸手就把它捉住,放在水桶里,等待上蒸笼。间或也有大鱼游来,被苇箔挡住,游不过去,又不知回头,只在箔前跳动。这时候农民就不能像捉螃蟹那样,一举手,一投足,就能捉到一只,必须动真格的了。只见他站起身来,举起带网的长竿,鱼越大,劲越大,它不会束"手"待捉,而是奋起抵抗,往往斗争很久,才能把它捉住。这是我最爱看的一幕。我往往蹲在小溪边上,直到夜深。

在学习方面,我现在开始买英文书。我经济大概是好了一点,不像上正谊时那么窘,节衣缩食,每年大约能省出二三块大洋,我就用这钱去买英文书。买英文书,只有一个地方,就是日本东京的丸善书店。办法很简便,只需写一张明信片,写上书名,再加上三个英文字母COD,日文叫作"代金引换",意思就是:书到了以后,拿着钱到邮局去取书。我记得,在两年之内,我只买过两三次书,其中至少有一次买的是英国作家Kipling的短篇小说集。不知道为什么,我当时竟迷上了Kipling。后来学了西洋文学,才知道,他在英国文学史上是一个上不得大台盘的作家。我还试着翻译过他的小说,只译了一半,稿子早就不知道丢到哪里去了。反正我每次接到丸善书店的回信,就像过年一般的欢喜。我立即约上一个比较要好的同学,午饭后,立刻出发,沿着胶济铁路,步行走向颇远的商埠,到邮政总局去取书,当然不会忘记带上二三块大洋。走在铁路上的时候,如果适逢有火车开过,我们就把一枚铜元放在铁轨上,火车一过,拿来一看,已经轧成了扁的,这个铜元当然就作废了,这完全是损己而不利人的恶作剧。要知道,当时我们才十五六岁,正是顽皮的时候,不足深责的。有一次,我特别惊喜,我们在走上铁路之前,走在一块荷塘边上。此时塘里什么都没有,荷叶、苇子和稻子都没有。一片清水像明镜一般展现在眼前,"天光云影共徘徊",风光极为秀丽。我忽然见（不是看）到离开这二三十里路的千佛山的倒影清晰地映在水中，我大为惊喜。记得刘铁云《老残游记》中曾写到在大明湖看到千佛山的倒影。有人认为荒唐，离开二十多里，怎能在大明湖中看到倒影呢？我也迟疑不决。今天竟于无意中看到了，证明刘铁云观察得细致和准确，我怎能不狂喜呢？

从邮政总局取出了丸善书店寄来的书以后，虽然不过是薄薄的一本，然而内心里却似乎增添了极大的力量。一种语言文字无法传达的幸福之感油然溢满心中。在走回学校的路上，虽然已经步行了二十多里路，却一点也感不到疲倦。同来时比较起来，仿佛感到天空更蓝，白云更白，绿水更绿，草色更青，荷花更红，荷叶更圆，蝉声更响亮，鸟鸣更悦耳，连刚才看过的千佛山倒影也显得更清晰，脚下的黄土也都变成了绿茵，踏上去软绵绵的，走路一点也不吃力。这是我第一次用自己省下来的钱买自己心爱的英文书的感觉，七十多年以后的今天，一回忆起来，仍仿佛就在眼前。这种好买书的习惯一直伴随着我，至今丝毫没有减退。

北园高中对我一生的影响，还不仅仅是培养购书的兴趣一项，还有更重要的影响。这种影响是关键性的，夸大一点说是一种质变。

我在许多文章中都写到过，我幼无大志。小学毕业后，我连报考著名的一中的勇气都没有，可见我懦弱、自卑到什么程度。在回忆新育小学和正谊中学的文章中，特别是在第二篇中，我曾写到，当时表面上看起来很忙；但是我并不喜欢念书，只是贪玩。考试时虽然成绩颇佳，距离全班状元道路十分近，可我从来没有产生过当状元的野心，对那玩意儿一点兴趣都没有。钓虾、捉蛤蟆对我的引诱力更大。至于什么学者，我更不沾边儿，我根本不知道天壤间还有学者这一类人物。自己这一辈子究竟想干什么，也从来没有想过。朦朦胧胧地似乎觉得，自己反正是一个上不得台盘的人，一辈子能混上一个小职员当当，也就心满意足了。我常想，自己是有自知之明的，但是自知得过了头，变成了自卑。家里的经济情况始终不算好。叔父对我大概也并不望子成龙。婶母则是希望我尽早能挣钱。正谊中学毕业后，我曾被迫去考邮政局，邮政局当时是在外国人手中，公认是铁饭碗，幸而我没有被录取；否则，我就会干一辈子邮政局，完全走另外一条路了。

但是，人的想法是能改变的，有时甚至是180度的改变。我在北园高中就经历了这样的改变。这一次改变，不是由于我参禅打坐顿悟而来的，也不是由于天外飞来的什么神力，而完全是由于一件非常偶然的事件。

北园高中是附设在山东大学之下的。当时山大校长是山东教育厅厅长王寿彭，是前清倒数第二或第三位状元，是有名的书法家，提倡尊孔读经。我在上面曾介绍过高中的教员，教经学的教员就有两位，可见对读经的重视，我想这与状元公不无关联。这时的山东督军是东北军的张宗昌，绿林出身，绰号狗肉将军，不知道自己有多少兵，不知道自己有多少钱，不知道自己有多少姨太太，以这"三不知"蜚声全国。他虽一字不识，也想附庸风雅。有一次竟在山东大学校本部举行祭孔大典，状元公当然必须陪同。督军和校长一律长袍马褂，威仪俨然。我们附中学生十五六岁的大孩子也奉命参加，大概想对我们进行尊孔的教育吧。可惜对我们这一群不识抬举的顽童来说，无疑是对牛弹琴。我们感兴趣的不是三跪九叩，而是院子里的金线泉。我们围在泉旁，看一条金线从泉底袅袅地向上飘动，觉得十分可爱，久久不想离去。

在第一年级第二学期结束，考试完毕以后，状元公忽然要表彰学生了。大学的情况我不清楚，恐怕同高中差不多。高中表彰的标准是每一班的甲等第一名，平均分数达到或超过95分者，可以受到表彰。表彰的办法是得到状元公亲书的一个扇面和一副对联。王寿彭的书法本来就极有名，再加上状元这一个吓人的光环,因此他的墨宝就极具有经济价值和荣誉意义,很不容易得到的。高中共有六个班,当然就有六个甲等第一名;但他们的平均分数都没有达到 95 分。只有我这个甲等第一名平均分数是 97 分,超过了标准,因此,我就成了全校中唯一获得状元公墨宝的人,这当然算是极高的荣誉。不知是何方神灵呵护,经过了七十多年,经过了不知道多少世局动荡,这一个扇面竟然保留了下来,一直保留到今天。扇面的全文是:

> 净几单床月上初
> 主人对客似僧庐
> 春来预作看花约
> 贫去宜求种树书
> 隔巷旧游成结托
> 十年豪气早消除
> 依然不坠风流处
> 五亩园开手剪蔬
> 　　录樊榭山房诗丁卯夏五
> 　　羡林老弟正王寿彭

至于那一副对联,似尚存在于天壤间。但踪迹虽有,尚未到手。大概当年家中绝粮时,婶母取出来送给了名闻全国的大财主山东章丘旧津孟家,换了面粉一袋,孟家是婶母的亲戚。这个踪迹是友人山大蔡德贵教授侦查出来的,我非常感激他;但是,从寄来的对联照片来看,字迹不类王寿彭,而且没有"羡林老弟"这几个字。因此,我有点怀疑。我已经发出了"再探"

的请求，将来究竟如何，只有"且看下回分解"了。

王状元这一个扇面和一副对联对我的影响万分巨大，这看似出乎意料，实际上却在意料之中。虚荣心恐怕人人都有一点的，我自问自己的虚荣心不比任何人小。我屡次讲到幼无大志，讲到自卑。这其实就是有虚荣心的一种表现。如果一点虚荣心都没有，哪里还会有什么自卑呢？

这里面有三层意思。第一层意思是，97分这个平均分数给了我许多启发和暗示。我在上面已经说到过，分数与分数之间是不相同的。像历史、地理等课程，只要不是懒虫或者笨伯，考试前，临时抱一下佛脚，硬背一通，得个高分并不难。但是，像国文和英文这样的课程，必须有长期的积累和勤奋，还须有一定的天资，才能有所成就，得到高分。如果没有基础，临时无论怎样努力，也是无济于事的。我大概是在这方面有比较坚实的基础，非其他五个甲等第一名可比。他们的国文和英文也决不会太差，否则就考不到第一名。但是，同我相比，恐怕要稍逊一筹。言念及此，心中未免有点沾沾自喜，觉得过去的自卑实在有点莫名其妙，甚至有点可笑了。

第二层意思是，这样的荣誉过去从未得到过，它是来之不易的。现在于无意中得之，就不能让它再丢掉，如果下一学期我考不到甲等第一，我这一张脸往哪里搁呀！这是最原始最简单的虚荣心，然而就是这一点虚荣心，促使我在学习上改弦更张，要认真埋头读书了。就在不到一年前的正谊中学时期，虾和蛤蟆对我的引诱力远远超过书本。眼前的北园，荷塘纵横，并不缺少虾和蛤蟆，然而我却视而不见了。俗话说："浪子回头金不换。"我现在成了回头的浪子，勤奋用功的好学生了。

第三层意思是，我原来的想法是，中学毕业后，当上一个小职员，抢到一只饭碗，浑浑噩噩地，甚至窝窝囊囊地过上一辈子，算了。我只是一条小蛇，从来没有幻想成为一条大龙。这一次表彰却改变了我的想法：自己即使不是一条大龙，也绝不是一条平庸的小蛇。最明显的例证是几年以后我到北京来报考大学的情况。当时北京的大学五花八门，鱼龙混杂，有的从几十个报考者中选一人，而有的则是来者不拒，因为多一个学生就多一份学费。从山东来的几十名学员中大都报考六七个大学，我则信心十足地只报考了北大和清华。这同小学毕业时不敢报考一中，形成了鲜明的对比。好像我变了一个人。

以上三层意思说明了我从自卑到自信，从不认真读书到勤奋学习，一个关键就是虚荣心。是虚荣心作祟呢？还是虚荣心作福？我认为是后者。虚荣心是不应当一概贬低的。王状元表彰学生可能完全是出于偶然性。他万万不会想到，一个被他称为"老弟"的十五岁的大孩子，竟由于这个偶然事件而改变为另一个人。我永远不会忘记王寿彭老先生。

北园高中可回忆的东西还有一些，但是最重要的印象、最深的印象上面都已经写到了。因此，我的回忆就写到这里为止。

我在北园白鹤庄的两年，我十五岁到十六岁，正是英国人称之为 teens 的年龄，也就是人生最美好的年龄。我的少年，因为不在母亲身边，并不能说是幸福。但是，我在白鹤庄，却只能说是幸福的。只是"白鹤庄"这个名字，就能引起人们许多美丽的幻影。古人诗"西塞山前白鹭飞"，多么美妙绝伦的情境。我不记得在白鹤庄曾见到白鹭；但是，从整个北园的景色来看，有白鹭飞来是必然会发生的。到了现在，我离开北园已经七十多年了，再没有回去过。可是我每每会想到北园，想到我的 teens，每一次想到，心头总会油然漾起一股无比温馨无比幸福的感情，这感情将会伴我终生。

2002 年 2 月 24 日写完

赋得永久的悔

> 要选其中最深切、最真实、最难忘的悔,也就是永久的悔,那也是唾手可得,因为它片刻也没有离开过我的心。我这永久的悔就是:不该离开故乡,离开母亲。

题目是韩小蕙小姐出的,所以名之曰"赋得"。但文章是我心甘情愿做的,所以不是八股。

我为什么心甘情愿做这样一篇文章呢?一言以蔽之,题目出得好,不但实获我心,而且先获我心:我早就想写这样一篇东西了。

我已经到了望九之年。在过去的七八十年中,从乡下到城里,从国内到国外,从小学、中学、大学到洋研究院,从"志于学"到超过"从心所欲不逾矩",曲曲折折,坎坎坷坷。既走过阳关大道,也走过独木小桥;既经过"山重水复疑无路",又看到"柳暗花明又一村"。喜悦与忧伤并驾,失望与希望齐飞,我的经历可谓多矣。要讲后悔之事,那是俯拾皆是。要选其中最深切、最真实、最难忘的悔,也就是永久的悔,那也是唾手可得,因为它片刻也没有离开过我的心。

我这永久的悔就是：不该离开故乡，离开母亲。

我出生在鲁西北一个极端贫困的村庄里。我们家是贫中之贫，真可以说是贫无立锥之地。"十年浩劫"中，我自己跳出来反对北大那一位倒行逆施但又炙手可热的"老佛爷"，被她视为眼中钉，必欲除之而后快。她手下的小喽啰们曾两次窜到我的故乡，处心积虑把我"打"成地主，他们那种狗仗人势穷凶极恶的教师爷架子，并没有吓倒我的乡亲。我小时候的一位伙伴指着他们的鼻子，大声说："如果让整个官庄来诉苦的话，季羡林家是第一家！"

这一句话并没有夸大，他说的是实情。我祖父母早亡，留下了我父亲等三个兄弟，孤苦伶仃，无依无靠。最小的十一叔送了人。我父亲和九叔饿得没有办法，只好到别人家的枣林里去捡落到地上的干枣充饥。这当然不是长久之计。最后兄弟俩被逼背井离乡，盲流到济南去谋生。此时他俩也不过十几岁。在举目无亲的大城市里，必然是经过千辛万苦，九叔在济南落住了脚。于是我父亲就回到了故乡，说是农民，但又无田可耕。又必然是经过千辛万苦，九叔从济南有时寄点儿钱回家，父亲赖以生活。不知怎么一来，竟然寻（家乡读若 xín）上了媳妇，她就是我的母亲。母亲的娘家姓赵，门当户对，她家穷得同我们家差不多，否则也绝不会结亲。她家里饭都吃不上，哪里有钱有闲上学。所以我母亲一个字也不识，活了一辈子，连个名字都没有。她家是在另一个庄上，离我们庄五里路。这个五里路就是我母亲毕生所走的最长的距离。

北京大学那一位"老佛爷"要"打"成"地主"的人，也就是我，就出生在这样一个家庭里，就有这样一位母亲。

后来我听说，我们家确实也"阔"过一阵。大概在清末民初，九叔在东三省用口袋里剩下的最后五角钱,买了十分之一的湖北水灾奖券,中了奖。兄弟俩商量,要"富贵而归故乡",回家扬一下眉,吐一下气。于是把钱运回家,九叔仍然留在城里,乡里的事由父亲一手张罗,他用荒唐离奇的价钱,买了砖瓦,盖了房子。又用荒唐离奇的价钱,置了一块带一口水井的田地。一时兴致淋漓,真正扬眉吐气了。可惜好景不长,我父亲又用荒唐离奇的方式,仿佛宋江一样,豁达大度,招待四方朋友。转瞬间,盖成的瓦房又拆了卖砖、卖瓦。有水井的田地也改变了主人。全家又回归到原来的境况。我就是在这个时候、在这样的情况下降生到人间来的。

母亲当然亲身经历了这个巨大的变化。可惜,当我同母亲住在一起的时候,我只有几岁,告诉我,我也不懂。所以,我们家这一次陡然上升,又陡然下降,只像是昙花一现,我到现在也不完全明白。这个谜恐怕要成为永恒的谜了。

不管怎样,我们家又恢复到从前那种穷困的境况。后来听人说,我们家那时只有半亩多地。这半亩多地是怎么来的,我也不清楚。一家三口人就靠这半亩多地生活。城里的九叔当然还会给点儿接济,然而像中湖北水灾奖那样的事儿,一辈子有一次也不算少了。九叔没有多少钱接济他的哥哥了。

家里日子是怎样过的,我年龄太小,说不清楚。反正吃得极坏,这个我是懂得的。按照当时的标准,吃"白的"(指麦子面)最高,其次是吃小米面或棒子面饼子,最次是吃红高粱饼子,颜色是红的,像猪肝一样。"白的"与我们家无缘,"黄的"(小米面或棒子面饼子颜色都是黄的)与我们缘分也不大,终日为伍者只有"红的"。这"红的"又苦又涩,真是难以下咽。但不吃又害饿,我真有点儿谈"红"色变了。

但是,小孩子也有小孩子的办法。我祖父的堂兄是一个举人,他的夫人,我喊她奶奶。他们这一支是有钱有地的。虽然举人死了,但家境依然很好。我这位大奶奶仍然健在。她的亲孙子早亡,所以把全部的钟爱都倾注到我身上来。她是整个官庄能够吃"白的"的仅有的几个人之一。她不但自己吃,而且每天都给我留出半个或者四分之一个白面馍馍。我每天早晨一睁眼,立即跳下炕来向村里跑,我们家住在村外。我跑到大奶奶跟前,清脆甜美地喊上一声:"奶奶!"她立即笑得合不上嘴,把手缩回到肥大的袖子内,从口袋里掏出一小块馍馍,递给我,这是我一天最幸福的时刻。

此外,我也偶尔能够吃一点"白的",这是我自己用劳动换来的。一到夏天麦收季节,当然我们家根本没有什么麦子可收。对门住的宁家大婶子和大姑——她们家也穷得够呛——就带我到本村或外村富人的地里去拾麦子。所谓拾麦子,就是别家的长工割过麦子,总会漏下那么一点点麦穗,这些都是不值得一捡的,我们这些穷人就来"拾"。因为剩下的绝不会多,我们拾上半天,也不过拾半篮子,然而对我们来说,这已经是如获至宝了。一定是大婶和大姑对我特别照顾,以一个四五岁的孩子,拾上一个夏天,也能拾上十斤八斤麦粒。这些都是母亲亲手搓出来的。为了对我加以奖励,麦季过后,母亲便把麦子磨成面,蒸成馍馍,或贴成白面饼子,让我解馋。我于是就大快朵颐了。

记得有一年,我拾麦子的成绩也许是有点儿"超常"。到了中秋节——农民嘴里叫八月十五——母亲不知从哪里弄了点月饼,给我掰了一块,我就蹲在一块石头旁边,大吃起来。在当时,对我来说,月饼可真是神奇的东西,龙肝凤髓也难以比得上的,我难得吃一次。我当时并没有注意,母亲是否也在吃。现在回想起来,她根本一口都没有吃。不但是月饼,连其他"白的",母亲也从来都没有尝过,都留给我吃了。她大概是毕生就与红色的高粱饼子为伍。到了歉年,连这个也吃不上,那就只有吃野菜了。

至于肉类，吃的回忆似乎是一片空白。我姥娘家隔壁是一家卖煮牛肉的作坊。给农民劳苦耕耘了一辈子的老黄牛，到了老年，耕不动了，几个农民便以极其低的价钱买来，用极其野蛮的办法杀死，把肉煮烂，然后卖掉。老牛肉难煮，实在没有办法，农民就在肉锅里小便一通，这样肉就好烂了。农民心肠好，有了这种情况，就昭告四邻："今天的肉你们别买！"姥娘家穷，虽然极其疼爱我这个外孙，也只能用土罐子，花几个制钱，装一罐子牛肉汤，聊胜于无。记得有一次，罐子里多了一块牛肚儿。这就成了我的专利。我舍不得一气吃掉，就用生了锈的小铁刀，一块一块地割着吃，慢慢地吃。这一块牛肚真可以同月饼媲美了。

"白的"、月饼和牛肚难得，"黄的"怎样呢？"黄的"也同样难得。但是，尽管我只有几岁，却也想出了办法。到了春、夏、秋三个季节，庄外的草和庄稼都长起来了。我就到庄外去割草，或者到人家高粱地里去劈高粱叶。劈高粱叶，田主不但不禁止，而且还欢迎；因为叶子一劈，通风情况就能改进，高粱长得就能更好，粮食打得就能更多。草和高粱叶都是喂牛用的。我们家穷，从来没有养过牛。我二大爷家是有地的，经常养着两头大牛。我这草和高粱叶就是给它们准备的。每当我这个不到三块豆腐高的孩子背着一大捆草或高粱叶走进二大爷的大门时，我心里就有所恃而不恐，把草放在牛圈里，赖着不走，总能蹭上一顿"黄的"吃，不会被二大娘"卷"（我们那里的土话，意思是"骂"）出来。到了过年的时候，自己心里觉得，在过去的一年里，自己喂牛立了功，又有了勇气到二大爷家里赖着吃黄面糕。黄面糕是用黄米面加上枣蒸成的。颜色虽黄，却位列"白的"之上，因为一年只在过年时吃一次，"物以稀为贵"，于是黄面糕就贵了起来。

我上面讲的全是吃的东西。为什么一讲到母亲就讲起吃的东西呢？原因并不复杂。第一，我作为一个孩子容易关心吃的东西；第二，所有我在上面提到的好吃的东西，几乎都与母亲无缘。除了"黄的"以外，其余她都不沾边儿。我在她身边只待到六岁，以后两次奔丧回家，待的时间也很短。现在我回忆起来，连母亲的面影都是迷离模糊的，没有一个清晰的轮廓。特别有一点，让我难解而又易解：我无论如何也回忆不起母亲的笑容来，她好像是一辈子都没有笑过。家境贫困，儿子远离，她受尽了苦难，笑容从何而来呢？有一次我回家听对面的宁大婶告诉我说："你娘经常说：'早知道送出去回不来，我无论如何也不会放他走的！'"简短的一句话里面含着多少辛酸、多少悲伤啊！母亲不知有多少日日夜夜，眼望远方，盼望自己的儿子回来啊！然而这个儿子却始终没有归去，一直到母亲离开这个世界。

　　对于这个情况，我最初懵懵懂懂，理解得并不深刻。到了上高中的时候，自己大了几岁，逐渐理解了。但是自己寄人篱下，经济不能独立，空有雄心壮志，怎奈无法实现，我暗暗地下定决心，立下誓愿：一旦大学毕业，自己找到工作，立即迎养母亲。然而没有等到我大学毕业，母亲就离开我走了，永远永远地走了。古人说："树欲静而风不止，子欲养而亲不待。"这话正应到我身上。我不忍想象母亲临终时思念爱子的情况；一想到，我就会心肝俱裂，眼泪盈眶。当我从北平赶回济南，又从济南赶回清平奔丧的时候，看到了母亲的棺材，看到那简陋的屋子，我真想一头撞死在棺材上，随母亲于地下。我后悔，我真后悔，我千不该万不该离开了母亲。世界上无论什么名誉，什么地位，什么幸福，什么尊荣，都比不上待在母亲身边，即使她一个字也不识，即使整天吃"红的"。

　　这就是我的"永久的悔"。

1994 年 3 月 5 日

三个小女孩

在许多人心目中,我是一个怪人,对人呆板冷漠,但是,真正了解我的人却给我送了一个绰号:"铁皮暖瓶",外面冰冷而内心极热。

我生平有一桩往事:一些孩子无缘无故地喜欢我,爱我;我也无缘无故地喜欢这些孩子,爱这些孩子。如果我以糖果饼饵相诱,引得小孩子喜欢我,那是司空见惯,平平常常,根本算不上什么"怪事"。但是,对我来说,情况却绝对不是这样。我同这些孩子都是邂逅,都是第一次见面,我语不惊人,貌不压众,不过是普普通通,不修边幅,常常被人误认为是学校的老工人。这样一个人而能引起天真无邪、毫无功利目的、二三岁以至十一二岁的孩子的欢心,其中道理,我解释不通,我相信,也没有别人能解释通,包括赞天地之化育的哲学家们在内。

我说这是一桩"怪事",不是恰如其分吗?不说它是"怪事",又能说它是什么呢?

大约在 20 世纪 50 年代，当时老祖和德华还没有搬到北京来。我暑假回济南探亲。我的家在南关佛山街。我们家住西屋和北屋，南屋住的是一家姓田的木匠。他有一儿二女，小女儿名叫华子，我们把这个小名又进一步变为爱称——"华华儿"。她大概只有两岁，路走不稳，走起来晃晃荡荡，两条小腿十分吃力，话也说不全。按辈分，她应该叫我"大爷"；但是华华还发不出两个字的音，她把"大爷"简化为"爷"。一见了我，就摇摇晃晃，跑了过来，满嘴"爷""爷"不停地喊着。走到我跟前，一下子抱住了我的腿，仿佛有无限的乐趣。她妈喊她，她置之不理，勉强抱走，她就哭着奋力挣脱。有时候，我在北屋睡午觉，只觉得周围鸦雀无声，阒静幽雅。"北堂夏睡足"，一枕黄粱，猛一睁眼：一个小东西站在我的身旁，大气不出。一见我醒来，立即"爷""爷"叫个不停，不知道她已经等了多久了。我此时真是万感集心，连忙抱起小东西，连声叫着"华华儿"。有一次我出门办事，回来走到大门口，华华妈正把她抱在怀里，她说，她想试一试华华，看她怎么办。然而奇迹出现了：华华一看到我，立即用惊人的力量，从妈妈怀里挣脱出来，举起小手，要我抱她。她妈妈说，她早就想到有这种可能，但却没有想到华华挣脱的力量竟是这样惊人的大。大家都大笑不止，然而我却在笑中想流眼泪。有一年，老祖和德华来京小住，后来听同院的人说，在上着锁的西屋门前，天天有两个小动物在那里蹲守：一个是一只猫，一个是已经长到三四岁的华华。"可怜小儿女，不解忆长安。"华华大概还不知道什么北京，不知道什么别离。天天去蹲守。她那天真稚嫩的心灵里，不知是什么滋味，望眼欲穿而不见伊人。她的失望，她的寂寞，大概她自己也说不出，只能意会而不能言传了。

上面是华华的故事，下面再讲吴双的故事。

20世80年代的某一年,我应邀赴上海外国语大学去访问。我的学生吴永年教授十分热情地招待我。学校领导陪我参观,永年带了他的妻子和女儿吴双来见我。吴双大概有六七岁光景,是一个秀美、文静、活泼、伶俐的小女孩。我们是第一次见面,她最初还有点腼腆,叫了一声"爷爷"以后,低下头,不敢看我。但是,我们在校园中走了没有多久,她悄悄地走过来,挽住我的右臂,扶我走路,一直偎依在我的身旁,她爸爸妈妈都有点吃惊,有点不理解。我当然更是吃惊,更是不理解。一直等到我们参观完了图书馆和许多大楼,吴双总是寸步不离地挽住我的右臂,一直到我们不得不离开学校,不得不同吴双和她妈妈分手为止,吴双眼睛中流露出依恋又颇有一点凄凉的眼神。从此,我们就结成了相差六七十岁的忘年交。她用幼稚但却认真秀美的小字写信给我。我给永年写信,也总忘不了吴双。我始终不知道,我有什么地方值得这样一个聪明可爱的小女孩眷恋?

上面是吴双的故事,现在轮到未未了。未未是一个十二岁的小女孩,姓贾,爸爸是延边大学出版社的社长,学国文出身,刚强、正直、干练,是一个决不会阿谀奉承的硬汉子。母亲王文宏,延边大学中文系副教授,性格与丈夫迥乎不同,多愁、善感、温柔、淳朴、感情充沛,用我的话来说,就是:感情超过了需要。她不相信天底下还有坏人。她是个才女,写诗,写小说,在延边地区颇有点名气,研究的专行是美学、文艺理论与禅学,是一个极有前途的女青年学者。十年前,我在北大通过刘烜教授的介绍,认识了她。去年秋季她又以访问学者的名义重返北大,算是投到了我的门下。一年以来,学习十分勤奋。我对美学和禅学,虽然也看过一些书,并且有些想法和看法,写成了文章,但实际上是"野狐谈禅",成不了正道的。蒙她不弃,从我受学,使得我经常毂觫不安,如芒刺在背。也许我那一些内行人决不会说的石破天惊的奇谈怪论，对她有了点用处？连这一点我也是没有自信的。

由于她母亲在北大学习，未未曾于寒假时来北大一次，她父亲也陪来了。第一次见面，我发现未未同别的年龄差不多的女孩不一样。面貌秀美，逗人喜爱，却有点苍白。个子不矮，却有点弱不禁风。不大说话，说话也是慢声细语。文宏说她是娇生惯养惯了，有点自我撒娇。但我看不像。总之，第一次见面，这个东北长白山下来的小女孩，对我成了个谜。我约了几位朋友，请她全家吃饭。吃饭的时候，她依然是少言寡语。但是，等到出门步行回北大的时候，却出现了出我意料的事情。我身居师座，兼又老迈，文宏便从左边扶住我的左臂搀扶着我。说老实话，我虽老态龙钟，但却还不到非让人搀扶不行的地步。文宏这一番心意我却不能拒绝，索性倚老卖老，任她搀扶，倘若再递给我一个龙头拐杖，那就很有点旧戏台上佘太君或者国画大师齐白石的派头了。然而，正当我在心中暗暗觉得好笑的时候，未未却一步抢上前来，抓住了我的右臂来搀扶住我，并且示意她母亲放松抓我左臂的手，仿佛搀扶我是她的专利，不许别人插手。她这一举动，我确实没有想到。然而，事情既然发生——由它去吧！

过了不久，未未就回到了延吉。适逢今年是我八十五岁生日，文宏在北大虽已结业，却专门留下来为我祝寿。她把丈夫和女儿都请到北京来，同一些在我身边工作了多年的朋友，为我设寿宴。最后一天，出于玉洁的建议，我们一起共有十六人之多，来到了圆明园。圆明园我早就熟悉，六七十年前，当我还在清华大学读书的时候，晚饭后，常常同几个同学步行到圆明园来散步。此时圆明园已破落不堪，满园野草丛生，狐鼠出没，"西风残照，清家废宫"，我指的是西洋楼遗址。当年何等辉煌，而今只剩下几个汉白玉雕成的古希腊式的宫门，也都已残缺不全。"牧童打碎了龙碑帽"，虽然不见得真有牧童，然而情景之凄凉、寂寞，恐怕与当年的明故宫也差不多了。我们当时还都很年轻，不大容易发思古之幽情，不过爱其地方幽静，来散散步而已。

新中国成立后，北大移来燕园，我住的楼房，仅与圆明园有一条马路之隔。登上楼旁小山，遥望圆明园之一角绿树荟郁，时涉遐想。今天竟然身临其境，早已面目全非，让我连连吃惊，仿佛美国作家 Washington Irving 笔下的 Rip Van Winkle "山中方七日，世上几千年"，等他回到家乡的时候，连自己的曾孙都成了老爷爷，没有人认识他了。现在我已不认识圆明园了，圆明园当然也不会认识我。园内游人摩肩接踵，多如过江之鲫。而商人们又争奇斗妍，各出奇招，想出了种种的门道，使得游人如痴如醉。我们当然也不会例外，痛痛快快地畅游了半天，福海泛舟，饭店盛宴。我的"西洋楼"却如蓬莱三山，不知隐藏在何方了？

第二天是文宏全家回延吉的日子。一大早，文宏就带了未未来向我辞行。我上面已经说到，文宏是感情极为充沛的人，虽是暂时别离，她恐怕也会受不了。小萧为此曾在事前建议过：临别时，谁也不许流眼泪。在许多人心目中，我是一个怪人，对人呆板冷漠，但是，真正了解我的人却给我送了一个绰号："铁皮暖瓶"，外面冰冷而内心极热。我自己觉得，这个比喻道出了一部分真理，但是，我现在已届望九之年，我走过阳关大道，也走过独木小桥，天使和撒旦都对我垂青过。一生磨炼，已把我磨成了一个"世故老人"，于必要时，我能够运用一个世故老人的禅定之力，把自己的感情控制住。年轻人，道行不高的人，恐怕难以做到这一点的。

现在，未未和她妈妈就坐在我的眼前。我口中念念有词，调动我的定力来拴住自己的感情，满面含笑，大讲苏东坡的词："人有悲欢离合，月有阴晴圆缺，此事古难全。"又引用俗语："千里凉棚，没有不散的筵席。"自谓"口若悬河泻水，滔滔不绝"。然而，言者谆谆，而听者藐藐。文宏大概为了遵守对小萧的诺言，泪珠只停留在眼眶中，间或也滴下两滴。而未未却不懂什么诺言，也不会有什么定力，坐在床边上，一语不发，泪珠仿佛断了线似的流个不停。我那八十多年的定力有点动摇了，我心里有点发慌，连忙强打精神，含泪微笑，送她母女出门。一走上门前的路，未未好像再也忍不住了，一把抓住了我的胳臂，伏在我怀里，哭了起来。热泪透过了我的衬衣，透过了我的皮肤，热意一直滴到我的心头。我忍住眼泪，捧起未未的脸，说："好孩子！不要难过！我们还会见面的！"未未说："爷爷！我会给你写信的！"我此时的心情，连才尚未尽的江郎也是写不出来的，他那名垂千古的《别赋》中，就找不到对类似我现在的心情的描绘，何况我这样本来无才可尽的俗人呢？我挽着未未的胳臂，送她们母女过了楼西曲径通幽的小桥，又忽然临时顿悟：唐朝人送别有灞桥折柳的故事。我连忙走到湖边，从一棵垂柳上折下了一条柳枝，递到文宏手中。我一直看她母女俩折过小山，向我招手，直等到连消逝的背影也看不到的时候，才慢慢地走回家来。此时，我再不需要我那劳什子定力，索性让眼泪流个痛快。

三个女孩的故事就讲完了。

还不到两岁的华华为什么对我有这样深的感情，我百思不得其解。

五六岁第一次见面的吴双，为什么对我有这样深的感情，我千思不得其解。

十二岁下学期才上初中的未未，为什么对我有这样深的感情，我万思不得其解。

然而这都是事实，我没有半个字的虚构。我一生能遇到这样三个小女孩，就算是不虚此生了。

到今天，华华已经超过四十岁。按正常的生活秩序，她早应该"绿叶成荫"了，不知道她是否还记得我这"爷"？

吴双恐大学已经毕业了，因为我同她父亲始终有联系，她一定还会记得我这样一位"北京爷爷"的。

至于未未，我们离别才几天。我相信，她会遵守自己的诺言给我写信的。而且她父亲常来北京，她母亲也有可能再到北京学习、进修。我们这一次分别，仅仅不过是为下一次会面创造条件而已。

像奇迹一般，在八十多年内，我遇到了这样三个小女孩，是我平生一大乐事、一桩怪事，但是人们常说，普天之下，没有无缘无故的爱。可是我这"缘"何在？我这"故"又何在呢？佛家讲因缘，我们老百姓讲"缘分"。虽然我不信佛，从来也不迷信，但是我却只能相信"缘分"了。在我走到那个长满了野百合花的地方之前，这三个同我有着说不出是怎样来的缘分的小姑娘，将永远留在我的记忆中，保留一点甜美，保留一点幸福，给我孤寂的晚年涂上点有活力的色彩。

1996 年 8 月

一条老狗

> 它只不过是一条最普普通通的狗，毛色棕红，灰暗，上面沾满了碎草和泥土，在乡村群狗当中，无论如何也显不出一点特异之处，既不凶猛，又不魁梧。然而，就是这样一条不起眼儿的狗却揪住了我的心，一揪就是七十年。

自己也不知道是什么原因，我总会不时想起一条老狗来。在过去七十年的漫长的时间内，不管我是在国内，还是在国外，不管我是在亚洲、欧洲，还是非洲，一闭眼睛，就会不时有一条老狗的影子在我眼前晃动，背景是在一个破破烂烂的篱笆门前，后面是绿苇丛生的大坑，透过苇丛的疏隙处，闪亮出一片水光。

这究竟是怎么一回事呢？

无论用多么夸大的词句，也绝不能说这一条老狗是逗人喜爱的。它只不过是一条最普普通通的狗，毛色棕红，灰暗，上面沾满了碎草和泥土，在乡村群狗当中，无论如何也显不出一点特异之处，既不凶猛，又不魁梧。然而，就是这样一条不起眼的狗却揪住了我的心，一揪就是七十年。

因此，话必须从七十年前说起。当时我还是一个不谙世事的毛头小伙子，正在清华大学读西洋文学系二年级。能够进入清华园，是我平生最满意的事情，日子过得十分惬意。然而，好景不长。有一天，是在秋天，我忽然接到从济南家中打来的电报，只是四个字："母病速归。"我仿佛是劈头挨了一棒，脑筋昏迷了半天。我立即买好了车票，登上开往济南的火车。

　　我当时的处境是，我住在济南叔父家中，这里就是我的家，而我母亲却住在清平官庄的老家里。整整十四年前，我六岁的那一年，也就是1917年，我离开了故乡，也就是离开了母亲，到济南叔父处去上学。我上一辈共有十一位叔伯兄弟，而男孩却只有我一个。济南的叔父也只有一个女孩儿，于是，在表面上我就成了一个宝贝蛋。然而真正从心眼里爱我的只有母亲一人，别人不过是把我看成能够传宗接代的工具而已。这一层道理一个六岁的孩子是无法理解的。可是离开母亲的痛苦我却是理解得又深又透的。到了济南后的第一夜，我生平第一次不在母亲怀抱里睡觉，而是孤身一个人躺在一张小床上，我无论如何也睡不着，一直哭了半夜。这是怎么一回事呀！为什么把我弄到这里来了呢？"可怜小儿女，未解忆长安。"母亲当时的心情，我还不会去猜想。现在追忆起来，她一定会是肝肠寸断，痛哭绝不止半夜。现在，这已成了一个万古之谜，永远也不会解开了。

　　从此，我就过上了寄人篱下的生活。我不能说，叔父和婶母不喜欢我，但是，我唯一被喜欢的资格就是，我是一个男孩。不是亲生的孩子同自己亲生的孩子感情必然有所不同，这是人之常情，用不着掩饰，更用不着美化。我在感情方面不是一个麻木的人，一些细枝末节，我体会极深。常言道，没娘的孩子最痛苦。我虽有娘，却似无娘，这痛苦，我感受得极深。我是多么想念我故乡里的娘呀！然而，天地间除了母亲一个人外，有谁真能了解我的心情、我的痛苦呢？因此，我半夜醒来一个人偷偷地在被窝里吞声饮泣的情况就越来越多了。

　　在整整十四年中，我总共回过三次老家。第一次是在我上小学的时候，为了奔大奶奶之丧而回家的。大奶奶并不是我的亲奶奶，但是从小就对我疼爱异常。如今她离开了我们，我必须回家，这似乎是天经地义的事情。这一次我在家只住了几天，母亲异常高兴，自在意中。第二次回家是在我上中学的时候，原因是父亲卧病。叔父亲自请假回家，看自己共过患难的亲哥哥。这次在家住的时间也不长。我每天坐着牛车，带上一包点心，到离开我们村相当远的一个大地主兼中医住的村里去请他，到我家来给父亲看病，看完再用牛车送他回去。路是土路，坑洼不平，牛车走在上面，颠颠簸簸，来回两趟，要用去差不多一整天的时间。至于医疗效果如何呢？那只有天晓得了。反正父亲的病没有好，也没有变坏。叔父和我的时间都是有限的，我们只好先回济南去。过了没有多久，父亲终于走了。十一叔到济南来接我回家。这是我第三次回家，同第一次一样，专为奔丧。在家里埋葬了父亲，又住了几天。现在家里只剩下了母亲和二妹两个人。家里失掉了男主人，一个妇道人家怎样过那种只有半亩地的穷日子，母亲的心情怎样，我只有十一二岁，当时是难以理解的。但是，我仍然必须离开她到济南去继续上学。在这样万般无奈的情况下，但凡母亲还有不管是多么小的力量，她也决不会放我走的。可是她连一丝一毫的力量也没有。她一字不识，一辈子连个名字都没有能够取上。做了一辈子"季赵氏"。到了今天，父亲一走，她怎样活下去呢？她能给我饭吃吗？不能的，绝不能。母亲内心的痛苦和忧愁，连我都感觉到了。最后她只能眼睁睁地看着自己最亲爱的孩子离开了自己，走了，走了。谁会知道，这是她最后一次看到自己的儿子呢？谁会知道，这也是我最后一次见到母亲呢？

　　回到济南以后，我由小学而初中，由初中而高中，由高中而到北京来上大学，在长达八年的过程中，我由一个混混沌沌的小孩子变成了一个青年人，知识增加了一些，对人生了解得也多了不少。对母亲当然仍然是不断想念的。但在暗中饮泣的次数少了，想的是一些切切实实的问题和办法。我梦想，再过两年，我大学一毕业，由于出身一个名牌大学，抢一只饭碗是不成问题的。到了那时候，自己手头有了钱，我将首先把母亲迎至济南。她才四十来岁，今后享福的日子多着哩。

可是我这一个奇妙如意的美梦竟被一张"母病速归"的电报打了个支离破碎。我现在坐在火车上，心惊肉跳，忐忑难安。哈姆莱特问的是 to be or not to be，我问的是：母亲是病了，还是走了？我没有法子求签占卜，可我又偏想知道个究竟，我于是自己想出了一套占卜的办法。我闭上眼睛，如果一睁眼能看到一根电线杆，那母亲就是病了；如果看不到，就是走了。当时火车速度极慢，从北京到济南要走十四五个小时。就在这样长的时间内，我闭眼又睁眼反复了不知多少次。有时能看到电线杆，则心中一喜。有时又看不到，则心中一惧。到头来也没能得出一个肯定的结果，我到了济南。

到了家中，我才知道，母亲不是病了，而是走了。这消息对我真如五雷轰顶，我昏迷了半晌，躺在床上哭了一天，水米不曾沾牙。悔恨像大毒蛇直刺入我的心窝。在长达八年的时间内，难道你就不能在任何一个暑假内抽出几天时间回家看一看母亲吗？二妹在前几年也从家乡来到了济南，家中只剩下母亲一个人，孤苦伶仃，形单影只，而且又缺吃少喝，她的日子是怎么过的呀？你的良心和理智哪里去了？你连想都不想一下吗？你还能算得上是一个人吗？我痛悔自责，找不到一点能原谅自己的地方。我一度曾想到自杀，追随母亲于地下。但是，母亲还没有埋葬，不能立即实行。在极度痛苦中我胡乱诌了一副挽联：

一别竟八载，多少次倚闾怅望，眼泪和血流，迢迢玉宇，高处寒否？

为母子一场，只留得面影迷离，入梦浑难辨，茫茫苍天，此恨曷极！

　　对仗谈不上，只不过想聊表我的心情而已。
　　叔父、婶母看着苗头不对，怕真出现什么问题，派马家二舅陪我还乡奔丧。到了家里，母亲已经成殓，棺材就停放在屋子中间。只隔一层薄薄的棺材板，我竟不能再见母亲一面，我与她竟是人天悬隔矣。我此时如万箭钻心，痛苦难忍，想一头撞死在母亲棺材上，被别人死力拽住。昏迷了半天，才醒转过来。抬头看屋中的情况，真正是家徒四壁，除了几张破椅子和一只破箱子以外，什么都没有。在这样的环境中，母亲这八年的日子是怎样过的，不是一清二楚了吗？我又不禁悲从中来，痛哭了一场。
　　现在家中已经没了女主人，也就是说，没有了任何人。白天我到村内二大爷家里去吃饭，讨论母亲的安葬事宜。晚上则由二大爷亲自送我回家。那时村里不但没有电灯，连煤油灯也没有。家家都点豆油灯，用棉花条搓成灯捻，只不过是有点微弱的亮光而已。有人劝我，晚上就睡在二大爷家里，我执意不肯。让我再陪母亲住上几天吧。在茫茫百年中，我在母亲身边只住过六年多，现在仅仅剩下了几天，再不陪就真正抱恨终生了。于是，二大爷就亲自提一个小灯笼送我回家。此时，万籁俱寂，宇宙笼罩在一片黑暗中，只有天上的星星在眨眼，仿佛闪出一丝光芒。全村没有一点亮光，没有一点声音。透过大坑里芦苇的疏隙闪出一点儿水光。走近破篱笆门时，门旁地上有一团黑东西，细看才知道是一条老狗，静静地卧在那里。狗有没有思想，我说不准，但感情的确是有的。这一条老狗几天来大概是陷入困惑中，天天喂我的女主人怎么忽然不见了？它白天到村里什么地方偷一点东西吃，立即回到家里来，静静地卧在篱笆门旁。

见了我这个小伙子，它似乎感到我也是这家的主人，同女主人有点什么关系，因此见到了我并不咬我，有时候还摇摇尾巴，表示亲昵。那一天晚上，我看到的就是这一条老狗。

我孤身一个人走进屋内，屋中停放着母亲的棺材。我躺在里面一间屋子里的大土炕上，炕上到处是跳蚤，它们勇猛地向我发动进攻。我本来就毫无睡意，跳蚤的干扰更加使我难以入睡了。我此时孤身一人陪伴着一具棺材。我是不是害怕呢？不，一点儿也不。虽然是可怕的棺材，但里面躺的人却是我的母亲。她永远爱她的儿子，是人，是鬼，都绝不会改变的。

正在这时候，在黑暗中外面走进来一个人，听声音是对门的宁大叔。在母亲生前，他帮助母亲种地，干一些重活，我对他真是感激不尽。他一进屋就高声说："你娘叫你哩！"我大吃一惊：母亲怎么会叫我呢？原来宁大婶撞客了，撞着的正是我母亲。我赶快起身，走到宁家。在平时，这种事情我是绝对不会相信的。此时我却是心慌意乱了。只听宁大婶嘴里叫了一声："喜子呀！娘想你啊！"我虽然头脑清醒，然而却泪流满面。娘的声音，我八年没有听到了。这一次如果是从母亲嘴里说出来的，那有多好啊！然而却是从宁大婶嘴里，但是听上去确实像母亲当年的声音。我信呢，还是不信呢？你不信能行吗？我糊里糊涂地如醉似痴地走了回来。在篱笆门口，地上黑黢黢的一团，是那一条忠诚的老狗。

我又躺在炕上，无论如何也睡不着了，两只眼睛望着黑暗，仿佛能感到自己的眼睛在发亮。我想了很多很多，八年来从来没有想到的事，现在全想到了。父亲死了以后，济南的经济资助几乎完全断绝，母亲就靠那半亩地维持生活，她能吃得饱吗？她一定是天天夜里躺在我现在躺的这一个土炕上想她的儿子，然而儿子却音信全无。她不识字，我写信也无用。听说她曾对人说过："如果我知道一去不回头的话，我无论如何也不会放他走的！"这一点我为什么过去一点儿也没有想到过呢?古人说:"树欲静而风不止,子欲养而亲不待。"现在这两句话正应在我的身上,我亲自感受到了,然而晚了,晚了,逝去的时光不能再追回了!"长夜漫漫何时旦?"我却盼天赶快亮。然而,我立刻又想到,我只是一次度过这样痛苦的漫漫长夜,母亲却度过了将近三千次。这是多么可怕的一段时间啊!在长夜中,全村没有一点儿灯光,没有一点儿声音,黑暗仿佛凝结成固体,只有一个人还瞪大了眼睛在玄想,想的是自己的儿子。伴随她的寂寥的只有一个动物,就是篱笆门外静卧的那条老狗。想到这里,我无论如何也不敢再想下去了;如果再想下去的话,我就不知道会出现什么样的情况。

母亲的丧事处理完,又是我离开故乡的时候了。临离开那一座破房子时,我一眼就看到那条老狗仍然忠诚地趴在篱笆门口,见了我,它似乎预感到我要离开了,它站了起来,走到我跟前,在我腿上擦来擦去,对着我尾巴直摇。我一下子泪流满面,我知道这是我们的永别,我俯下身,抱住了它的头,亲了一口。我很想把它抱回济南,但那是绝对办不到的。我只好一步三回首地离开了那里,眼泪向肚子里流。

到现在这一幕已经过去了七十年。我总是不时想到这一条老狗。女主人没了,少主人也离开了,它每天到村内找东西吃,究竟能够找多久呢?我相信,它绝不会离开那个篱笆门口的,它会永远趴在那里的,尽管脑袋里也会充满了疑问。它究竟趴了多久,我不知道,也许最终是饿死的。我相信,就是饿死,它也会死在那个破篱笆门口。后面是大坑里透过苇丛闪出来的水光。

我从来不信什么轮回转生,但是,我现在宁愿信上一次。我已经九十岁了,来日苦短了。等到我离开这个世界以后,我会在天上或者地下什么地方与母亲相会,趴在她脚下的仍然是这一条老狗。

2001 年 5 月 2 日

老 猫

我从小就喜爱小动物。同小动物在一起,别有一番滋味。它们天真无邪,率性而行;有吃抢吃,有喝抢喝;不会说谎,不会推诿;受到惩罚,忍痛挨打;一转眼间,照偷不误。

老猫虎子蜷曲在玻璃窗外窗台上一个角落里,缩着脖子,眯着眼睛,浑身一片寂寞、凄清、孤独、无助的神情。

外面正下着小雨,雨丝一缕一缕地向下飘落,像是珍珠帘子。时令虽已是初秋,但是隔着雨帘,还能看到紧靠窗子的小土山上丛草依然碧绿,毫无要变黄的样子。在万绿丛中赫然露出一朵鲜艳的红花。古诗"万绿丛中一点红",大概就是这般光景吧。这一朵小花如火似燃,照亮了浑茫的雨天。

我从小就喜爱小动物。同小动物在一起,别有一番滋味。它们天真无邪,率性而行;有吃抢吃,有喝抢喝;不会说谎,不会推诿;受到惩罚,忍痛挨打;一转眼间,照偷不误。同它们在一起,我心里感到怡然、坦然、安然、欣然;不像同人在一起那样,应对进退、谨小慎微、斟酌词句、保持距离,感到异常的别扭。

　　十四年前,我养的第一只猫,就是这个虎子。刚到我家来的时候,比老鼠大不了多少。蜷曲在窄狭的室内窗台上,活动的空间好像富富有余。它并没有什么特点,仅是一只最平常的狸猫,身上有虎皮斑纹,颜色不黑不黄,并不美观。但是异于常猫的地方也有,它有两只炯炯有神的眼睛,两眼一睁,还真虎虎有虎气,因此起名叫虎子。它脾气也确实暴烈如虎。它从来不怕任何人。谁要想打它,不管是用鸡毛掸子,还是用竹竿,它从不回避,而是向前进攻,声色俱厉。得罪过它的人,它永世不忘。我的外孙打过它一次,从此结仇。只要他到我家来,隔着玻璃窗子,一见人影,它就做好准备,向前进攻,爪牙并举,吼声震耳。他没有办法,在家中走动,都要手持竹竿,以防万一,否则寸步难行。有一次,一位老同志来看我,他显然是非常喜欢猫的。一见虎子,嘴里连声说着:"我身上有猫味,猫不会咬我的。"他伸手想去抚摸它,可万万没有想到,我们虎子不懂什么猫味,回头就是一口。这位老同志大惊失色。总之,到了后来,虎子无人不咬,只有我们家三个主人除外,它的"咬声"颇能耸人听闻了。

　　但是,要说这就是虎子的全面,那也是不正确的。除了暴烈咬人以外,它还有另外一面,这就是温柔敦厚的一面。我举一个小例子。虎子来我们家以后的第三年,我又要了一只小猫。这是一只混种的波斯猫,浑身雪白,毛很长,但在额头上有一小片黑黄相间的花纹。我们家人管这只猫叫洋猫,起名咪咪;虎子则被尊为土猫。这只猫的脾气同虎子完全相反:胆小怕人,从来没有咬过人。只有在外面跑的时候,才露出一点儿野性。它只要有机会溜出大门,但见它长毛尾巴一摆,像一溜烟似的立即窜入小山的树丛中,半天不回家。这两只猫并没有血缘关系。但是,不知道是由于什么原因,一进门,虎子就把咪咪看作是自己的亲生女儿。它自己本来没有什么奶，却坚决要给咪咪喂奶，把咪咪搂在怀里，让它咂自己的干奶头，它眯着眼睛，仿佛在享着天福。我在吃饭的时候，有时丢点儿鸡骨头、鱼刺，这等于猫的燕窝、鱼翅。但是，虎子却只蹲在旁边，瞅着咪咪吃，从来不同它争食。有时还"咪噢"上两声，好像是在说："吃吧，孩子！安安静静地吃吧！"有时候，不管是春夏还是秋冬，虎子会从西边的小山上逮一些小动物，麻雀、蚱蜢、蝉、蛐蛐之类，用嘴叼着，蹲在家门口，嘴里发出一种怪声。这是猫语，屋里的咪咪，不管是睡还是醒，耸耳一听，立即跑到门后，馋涎欲滴，等着吃母亲带来的佳肴，大快朵颐。我们家人看到这样母子亲爱的情景，都由衷地感动，一致把虎子称作"义猫"。有一年，小咪咪生了两只小猫。大概是初做母亲，没有经验，正如我们圣人所说的那样："未有学养子而后嫁者也。"人们能很快学会，而猫们则不行。咪咪丢下小猫不管，虎子却大忙特忙起来，觉不睡，饭不吃，日日夜夜把小猫搂在怀里。但小猫是要吃奶的，而奶正是虎子所缺的。于是小猫暴躁不安，虎子眉头一皱，计上心来，叼起小猫，到处追着咪咪，要它给小猫喂奶。还真像一个姥姥样子，但是小咪咪并不领情，依旧不给小猫喂奶。有几天的时间，虎子不吃不喝，瞪着两只闪闪发光的眼睛，嘴里叼着小猫，从这屋赶到那屋，一转眼又赶了回来。小猫大概真是受不了啦，便辞别了这个世界。

我看了这一出猫家庭里的悲剧又是喜剧，实在是爱莫能助，惋惜了很久。

我同虎子、咪咪都有深厚的感情。每天晚上，它们俩抢着到我床上睡觉。在冬天，我在棉被上面特别铺上了一块布，供它们躺卧。我有时候半夜里醒来，神志一清醒，觉得有什么东西重重地压在我身上，一股暖气仿佛透过了两层棉被，扑到我的双腿上。我知道，小猫睡得正香，即使我的双腿由于僵卧时间过久，又酸又痛，但我总是强忍着，决不动一动双腿，免得惊了小猫的轻梦。它此时也许正梦着捉住了一只耗子。只要我的腿一动,它这耗子就吃不成了,岂非大煞风景吗?

这样过了几年,小咪咪大概有八九岁了。虎子比它大三岁,十一二岁的光景,依然威风凛凛,脾气暴烈如故,见人就咬,大有死不改悔的神气。而小咪咪则出我意料地露出了下世的光景,常常到处小便,桌子上、椅子上、沙发上,无处不便。如果到医院里去检查的话,大夫在列举的病情中一定会有一条的:小便失禁。最让我心烦的是,它偏偏看上了我桌子上的稿纸。我正写着什么文章,然而它却根本不管这一套,跳上去,屁股往下一蹲,一泡猫尿流在上面,还闪着微弱的光。说我不急,那不是真的。我心里真急,但是,我谨遵我的一条戒律:决不打小猫一掌,在任何情况之下,也不打它。此时,我赶快把稿纸拿起来,抖掉了上面的猫尿,等它自己干。心里又好气,又好笑,真是哭笑不得。家人对我的嘲笑,我置若罔闻,"全等秋风过耳边"。

我不信任何宗教,也不皈依任何神灵。但是,此时我却有点儿想迷信一下。我期望会有奇迹出现,让咪咪的病情好转。可世界上是没有什么奇迹的,咪咪的病一天一天地严重起来。它不想回家,喜欢在房外荷塘边上石头缝里待着,或者藏在小山的树木丛里。它再也不在夜里睡在我的被子上了。每当我半夜里醒来,觉得棉被上轻飘飘的,我惘然若有所失,甚至有点儿悲伤了。我每天凌晨起来,第一件事情就是拿着手电到房外塘边山上去找咪咪。它浑身雪白,是很容易找到的。在薄暗中,我眼前白白地一闪,我就知道是咪咪。见了我,"咪噢"一声,起身向我走来。我把它抱回家,给它东西吃,它似乎根本没有口味。我看了直想流泪。有一次,我拖着疲惫的身子,走几里路,到海淀的肉店里去买猪肝和牛肉。拿回来,喂给咪咪,它一闻,似乎有点儿想吃的样子,但肉一沾唇,它立即又把头缩回去,闭上眼睛,不闻不问了。

有一天傍晚，我看咪咪神情很不妙，我预感要发生什么事情。我唤它，它不肯进屋。我把它抱到篱笆以内，窗台下面。我端来两只碗，一只盛吃的，一只盛水。我拍了拍它的脑袋，它偎依着我，"咪噢"叫了两声，便闭上了眼睛。我放心进屋睡觉。第二天凌晨，我一睁眼，三步并作一步，手里拿着手电，到外面去看。哎呀不好！两碗全在，猫影顿杳。我心里非常难过，说不出是什么滋味。我手持手电找遍了塘边、山上、树后、草丛、深沟、石缝。有时候，眼前白光一闪。"是咪咪！"我狂喜。走近一看，是一张白纸。我嗒然若丧，心头仿佛被挖掉了点儿什么。"屋前屋后搜之遍，几处茫茫皆不见。"从此我就失掉了咪咪，它从我的生命中消逝了，永远永远地消逝了。我简直像是失掉了一个好友、一个亲人。至今回想起来，我内心里还颤抖不止。

在我心情最沉重的时候，有一些通达世事的好心人告诉我，猫有一种特殊的本领，能知道自己什么时候寿终。到了此时此刻，它们决不待在主人家里，让主人看到死猫，感到心烦，或感到悲伤。它们总是逃出去，到一个最僻静、最难找的角落里、地沟里、山洞里、树丛里，等候最后时刻的到来。因此，养猫的人大都在家里看不见死猫的尸体。只要自己的猫老了，病了，出去几天不回来，他们就知道，它已经离开了人世，不让举行遗体告别的仪式，永远永远不再回来了。

我听了以后，憬然若有所悟。我不是哲学家，也不是宗教家，但却读过不少哲学家和宗教家谈论生死大事的文章。这些文章多半有非常精辟的见解，闪耀着智慧的光芒，我也想努力从中学习一些有关生死的真理。结果却是毫无所得。那些文章中，除了说教以外，几乎没有什么有用的东西。大半都是老生常谈，不能解决什么实际问题，没能给我留下深刻的印象。现在看来，倒是猫们临终时的所作所为，即使仅仅是出于本能，却给了我很大的启发。人们难道就不应该向猫学习这一点经验吗？有生必有死，这是自然规律，谁都逃不过。中国历史上的赫赫有名的人物，秦皇、汉武，还有唐宗，想方设法，千方百计，想求得长生不老。到头来仍然是竹篮子打水一场空，只落得黄土一抔，"西风残照，汉家陵阙"。我辈平民百姓又何必煞费苦心呢？一个人早死几个小时，或者晚死几个小时，甚至几天，实在是无所谓的小事，绝影响不了地球的转动、社会的前进。再退一步想，现在有些思想开明的人士，不想长生不老，不想在大地上再留黄土一抔；甚至开明到不要遗体告别，不要开追悼会。但是仍会给后人留下一些麻烦：登报，发讣告，还要打电话四处通知，总得忙上一阵。何不学一学猫呢？它们这样处理生死大事，干得何等干净利索呀！一点儿痕迹也不留，走了，走了，永远地走了，让这花花世界的人们不见猫尸，用不着落泪，照旧做着花花世界的梦。

　　我忽然联想到我多次看过的敦煌壁画上的《西方净土变》。所谓"净土"，指的就是我们常说的天堂、乐园，是许多宗教信徒烧香念佛、查经祷告，甚至实行苦行，折磨自己，梦寐以求想到达的地方。据说在那里可以享受天福，得到人世间万万得不到的快乐。我看了壁画上画的房子、街道、树木、花草，以及大人、小孩儿，林林总总，觉得十分热闹。可我觉得没有什么出奇之处。只有一件事给我留下了永不磨灭的印象，那就是，那里的人们都是笑口常开，没有一个人愁眉苦脸，他们的日子大概过得都很惬意。不像在我们人间有这样许多不如意的事情，有时候办点儿事，还要找后门，钻空子。在他们的商店里——净土里面还实行市场经济吗？他们还用得着商店吗？——售货员大概都很和气，不给人白眼，不训斥"上帝"，不扎堆闲侃，不给人钉子碰。这样的天堂乐园，我也真是心向往之的。但是给我印象最深，使我最为吃惊或者羡慕的还是他们对待要死的人的态度。那里的人，大概同人世间的猫们差不多，能预先知道自己寿终的时刻。到了此时，要死的老嬷嬷或者老头儿，健步如飞地走在前面，身后簇拥着自己的子子孙孙、至亲好友，个个喜笑颜开，全无悲戚的神态，仿佛是去参加什么喜事一般，一直把老人送进坟墓。后事如何，壁画不是电影，是不能动的。然而画到这个程序，以后的事尽在不言中。如果一定要画上填土封坟，反而似乎是多此一举了。我觉得，净土中的人们给我们人类争了光。他们这一手比猫们又漂亮多了。知道必死，而又兴高采烈，多么豁达！多么聪明！猫们能做得到吗？这证明，净土里的人们真正参透了人生奥秘，真正参透了自然规律。人为万物之灵，他们为我们人类在同猫们对比之下真真增了光！真不愧是净土！

上面我胡思乱想得太远了，还是回到我们人世间来吧。我坦白承认，我对人生的奥秘参透得还不够，我对自然规律参透得也还不够。我仍然十分怀念我的咪咪。我心里仿佛有一个空白，非填起来不行。我一定要找一只同咪咪一模一样的白色波斯猫。后来果然朋友又送来了一只，浑身长毛，洁白如雪，两只眼睛全是绿的，亮晶晶像两块绿宝石。为了纪念死去的咪咪，我仍然为它命名"咪咪"，见了它，就像见到老咪咪一样。过了大约又有一年的光景，友人又送了我一只据说是纯种的波斯猫，两只眼睛颜色不同，一黄一蓝。在太阳光下，黄的特别黄，蓝的特别蓝，像两颗黄蓝宝石，闪闪发光，竞妍争艳。这只猫特别调皮，简直是胆大无边，然而也因此就更特别可爱。这一下子又忙坏了虎子，它认为这两只小猫都是自己的亲生女儿，硬逼着它们吮吸自己那干瘪的奶头。只要它走出去，不知在什么地方弄到了小鸟、蚱蜢之类，就带回家来，给两只小猫吃。好久没有听到的"咪噢"唤小猫的声音，现在又听到了。我心里漾起了一丝丝甜意。这大大地减轻了我对老咪咪的怀念。

可是岁月不饶人，也不会饶猫的。这一只"土猫"虎子已经活到十四岁。据通达世情的人们说，猫的十四岁，就等于人的八九十岁。这样一来，我自己不是成了虎子的同龄"人"了吗？这个虎子却也真怪。有时候，颇现出一些老相。两只炯炯有神的眼睛里忽然被一层薄膜蒙了起来；嘴里流出了哈喇子，胡子上都沾得亮晶晶的；不大想往屋里来，日日夜夜趴在阳台上蜂窝煤堆上，不吃，不喝。我有了老咪咪的经验，知道它快不行了。我也跑到海淀，去买来牛肉和猪肝，想让它不要饿着肚子离开这个世界。我随时准备着：第二天早晨一睁眼，虎子不见了。结果虎子并没有这样干。我天天凌晨第一件事就是来看虎子；隔着窗子，依然黑乎乎的一团，卧在那里。我心里感到安慰。有时候，它也起来走动了。我在本文开头时写的就是去年深秋一个下雨天，我隔窗看到的虎子的情况。

到了今天，半年又过去了。虎子不但没有走，而且顽健胜昔，仍然是天天出去。有时候在晚上，窗外的布帘子的一角蓦地被掀了起来，一个丑角似的三花脸一闪。我便知道，这是虎子回来了，连忙开门，放它进来。大概同某一些老年人一样——不是所有的老年人——到了暮年就改恶向善，虎子的脾气大大地改变了，几乎再也不咬人了。我早晨摸黑起床，写作看书累了，常常到门外湖边山下去走一走。此时，我冷不防脚下忽然踢着了一团软乎乎的东西。是虎子。它在夜里不知道在什么地方待了一夜，现在看到了我，一下子窜了出来，用身子蹭我的腿，在我身前和身后转悠。它跟着我，亦步亦趋，我走到哪里，它就跟到哪里，寸步不离。我有时故意爬上小山，以为它不会跟来了，然而一回头，虎子正跟在身后。猫是从来不跟人散步的，只有狗才这样干。有时候碰到过路的人，他们见了这情景，都大为吃惊。"你看猫跟着主人散步哩！"他们说，露出满脸惊奇的神色。最近一个时期，虎子似乎更精力旺盛了，它返老还童了。有时候竟带一个它重孙辈的小公猫到我们家阳台上来。今夜我们相识。虎子用不着介绍就相识了。看样子，虎子一去不复返的日子遥遥无期了。我成了拥有三只猫的家庭的主人。

我养了十几年猫，前后共有四只。猫们向人们学习什么，我不通猫语，无法询问。我作为一个人却确实向猫学习了一些有用的东西。上面讲过的处理死亡的办法，就是一个例子。我自己毕竟年纪已经很大了，常常想到死的问题。鲁迅五十多岁就想到了，我真是瞠乎后矣。人生必有死，这是无法抗御的。而且我还认为，死也是好事情。如果世界上的人都不死，连我们的轩辕老祖和孔老夫子今天依然峨冠博带，坐着奔驰车，到天安门去遛弯儿，你想人类世界会成一个什么样子！人是百代的过客，总是要走过去的，这绝不会影响地球的转动和人类社会的进步。每一代人都只是一场没有终点的长途接力赛的一棒。前不见古人，后不见来者，是宇宙常规。人老了要死，像在《净土》里那样，应该算是一件喜事。老人跑完了自己的一棒，把棒交给后人，自己要休息了，这是正常的。不管快慢，他们总算跑完了一棒，总算对人类的进步做出了贡献，总算尽上了自己的天职。年老了要退休，这是身体精神状况所决定的，不是哪个人能改变的。老人们会不会感到寂寞呢？我认为，会的。但是我却觉得，这寂寞是顺乎自然的，从伦理的高度来看，甚至是应该的。我始终主张，老年人应该为青年人活着，而不是相反。青年人有接力棒在手，世界是他们的，未来是他们的，希望是他们的。吾辈老年人的天职是尽上自己仅存的精力，帮助他们前进，必要时要躺在地上，让他们踏着自己的躯体前进，前进。如果由于害怕寂寞而学习《红楼梦》里的贾母，让一家人都围着自己转，这不但是办不到的，而且从人类前途利益来看，是犯罪的行为。我说这些话，也许有人怀疑，我是不是碰到了什么不如意的事，才说出这样令某些人骇怪的话来。不，不，绝不。我现在身体顽健，家庭和睦，在社会上广有朋友，每天照样读书、写作、会客、开会不辍。我没有不如意的事情，也没有感到寂寞。

不过自己毕竟已逾耄耋之年，面前的路有限了，不免有时候胡思乱想。而且，我同猫们相处久了，觉得它们有些东西确实值得我们学习，我们这些万物之灵应该屈尊一下，学习学习。即使只学到猫们处理死亡大事这一手，我们社会上会减少多少麻烦呀！

"那么，你是不是准备学习呢？"我仿佛听到有人这样质问了。是的，我心里是想学习的。不过也还有些困难。我没有猫的本能，我不知道自己的大限何时来到。而且我还有点儿担心。如果我真正学习了猫，有一天忽然偷偷地溜出了家门，到一个旮旯里、树丛里、山洞里、河沟里，一头钻进去，藏了起来，这样一来，我们人类社会可不像猫社会那样平静，有些人必然认为这是特大新闻，指手画脚，喊喊喳喳。如果是在旧社会里或者在今天的香港等地的话，这必将成为头版头条的爆炸性新闻，不亚于当年的杨乃武和小白菜。我的亲属和朋友也必将派人出去寻找，派的人也许比寻找彭加木的人还要多。这是多么可怕的事呀！因此我就迟疑起来。至于最后究竟何去何从？我正在考虑、推敲、研究。

1992年2月17日

月是故乡明

> 每个人都有个故乡，人人的故乡都有个月亮。人人都爱自己故乡的月亮。

每个人都有个故乡，人人的故乡都有个月亮。人人都爱自己故乡的月亮。事情大概就是这个样子。

但是，如果只有孤零零一个月亮，未免显得有点儿孤单。因此，在中国古诗文中，月亮总有什么东西当陪衬，最多的是山和水，什么"山高月小""三潭印月"等等，不可胜数。

我的故乡是在山东西北部大平原上。我小的时候，从来没有见过山，也不知山为何物。我曾幻想，山大概是一个圆而粗的柱子吧，顶天立地，好不威风。以后到了济南，才见到山，恍然大悟：山原来是这个样子呀！因此，我在故乡里望月，从来不同山联系。像苏东坡说的"月出于东山之上，徘徊于斗牛之间"，完全是我无法想象的。

至于水，我的故乡小村却大大地有。几个小苇坑占了小村一多半。在我这个小孩子眼中，虽不能像洞庭湖"八月湖水平"那样有气派，但也颇有一点儿烟波浩渺之势。到夏天黄昏以后，我在坑边场院里躺在地上，数天上的星星。有时候在古柳下面点起篝火，然后上树一摇，成群的知了飞落下来。比白天用嚼烂的麦粒去粘要容易得多。我天天晚上乐此不疲，天天盼望黄昏早早来临。

到了更晚的时候，我走到坑边，抬头看到晴空一轮明月，清光四溢，与水里的那个月亮相映成趣。我当时虽然还不懂什么叫诗兴，但也顾而乐之，心中油然有什么东西在萌动。有时候在坑边玩很久，才回家睡觉。在梦中见到两个月亮叠在一起。清光更加晶莹澄澈。第二天一早起来，到坑边苇子丛里去捡鸭子下的蛋。白白地一闪光，手伸向水中，一摸就是一个蛋。此时更是乐不可支了。

我只在故乡待了六年，以后就离乡背井，漂泊天涯。在济南住了十多年，在北京度过四年，又回到济南待了一年，然后在欧洲住了近十一年，重又回到北京，到现在已经四十多年了。在这期间，我曾到过世界上将近三十个国家，看过许许多多的月亮。在风光旖旎的瑞士莱芒湖上，在平沙无垠的非洲大沙漠中，在碧波万顷的大海中，在巍峨雄奇的高山上，我都看到过月亮。这些月亮应该说都是美妙绝伦的，我都异常喜欢。但是，看到它们，我立刻就想到我故乡中那个苇坑上面和水中的那个小月亮。对比之下，无论如何我也感到，这些广阔世界的大月亮，万万比不上我那心爱的小月亮。不管我离开我的故乡多少万里，我的心立刻就飞来了。我的小月亮，我永远忘不掉你！

我现在年近耄耋，住的朗润园是燕园胜地。此地有茂林修竹，绿水环流，

还有几座土山，点缀其间，风光无疑是绝妙的。前几年，我从庐山休养回来，一个同在庐山休养的老朋友来看我。他看到这样的风光，慨然说："你住在这样的好地方，还到庐山去干吗呢！"可见朗润园给人印象之深。此地既然有山，有水，有树，有花，有鸟，每逢望夜，一轮当空，月光闪耀于碧波之上，上下空蒙，一碧数顷，而且荷香远溢，宿鸟幽鸣，真不能不说是赏月胜地。荷塘月色的奇景，就在我的窗外。不管是谁来到这里，难道还能不顾而乐之吗？

然而，每值这样的良辰美景，我想到的仍然是故乡苇坑里的那个平凡的小月亮。见月思乡，已经成为我经常的经历。思乡之病，说不上是苦是乐，其中有追忆，有惆怅，有留恋，有惋惜。流光如逝，时不再来。在微苦中实有甜美在。月是故乡明，我什么时候能够再看到我故乡的月亮呀！我怅望南天，心飞向故里。

1989 年 11 月 3 日

上下数千年,纵横几万里,从来也没有人说过,丝瓜会有思想。我无法同丝瓜对话,这是一个沉默的奇迹。瓜秧仿佛成了一根神秘的绳子,绿叶上照旧浓翠扑人眉宇。我站在丝瓜下面,陷入梦幻。而丝瓜则似乎心中有数,无言静观,它怡然泰然悠悠坦然,仿佛含笑面对秋阳。

草·木·之·思

枸杞树

> 在不经意的时候，总有一棵苍老的枸杞树的影子飘过。飘过了春天的火焰似的红花；飘过了夏天的垂柳的浓翠；飘过了红霞似的爬山虎，一直到现在，是冬天，白雪正把这园子装成银的世界。混合了氤氲的西山的紫气，静定在我的心头。

在不经意的时候，一转眼便会有一棵苍老的枸杞树的影子飘过。这使我困惑。最先是去追忆：什么地方我曾看见这样一棵苍老的枸杞树呢？是在某处的山里么？是在另一个地方的一个花园么？但是，都不像。最后，我想到才到北平时住的那个公寓；于是我想到这棵苍老的枸杞树。

我现在还能很清晰地温习一些事情：我记得初次到北平时，在前门下了火车以后，这古老都市的影子，更像一个秤砣，沉重地压在我的心上。我迷茫地上了一辆洋车，跟着木屋似的电车向北跑。远处是红的墙，黄的瓦。我是初次看到电车；我想，"电"不是很危险吗？后面的电车上的脚铃响了；我坐的洋车仍然在前面悠然地跑着。我感到焦急，同时，我的眼仍然"如入山阴道上，应接不暇"，我仍然看到，红的墙，黄的瓦。终于，在焦急，又因为初踏入一个新的境地而生的迷惘的心情下,折过了不知道多少满填着黑土的小胡同以后,我被拖到西城的某一个公寓里去了。我仍然非常迷惘而有点儿近于慌张,眼前的一切都仿佛给一层轻烟笼罩起来似的,我看不清院子里有什么东西,我甚至也没有看清我住的小屋,黑夜跟着来了,我便糊里糊涂地睡下去,做了许许多多离奇古怪的梦。

虽然做了梦,但是却没有能睡得很熟,刚看到窗上有点儿发白,我就起来了。因为心比较安定了一点,我才开始看得清楚:我住的是北屋,屋前的小院里,有不算小的一缸荷花,四周错落地摆了几盆杂花。我记得很清楚:这些花里面有一棵仙人头,几天后,还开了很大的一朵白花,但是最惹我注意的,却是靠墙长着的一棵枸杞树,已经长得高过了屋檐,枝干苍老钩曲像千年的古松,树皮皱着,色是黝黑的,有几处已经开了裂。幼年在故乡的时候,常听人说,枸杞树是长得非常慢的,很难成为一棵树,现在居然有这样一棵虬干的老枸杞树站在我面前,真像梦;梦又罩开了轻渺的网,我这是站在公寓里么?于是,我问公寓的主人,这枸杞有多大年龄了,他也渺茫:他初次来这里开公寓时,这树就是现在这样,三十年来,没有多少变动。这更使我惊奇,我用惊奇的叹息的眼光注视着这苍老的枝干,又注视着接连着树顶的蓝蓝的长天。

就这样,我每天看书乏了,就总到这棵树底下徘徊。在细弱的枝条上,蜘蛛结了网,间或有一片树叶儿或苍蝇蚊子之流的尸体黏在上面。在有太阳和灯火照上去的时候,这小小的网也会反射出细弱的清光来。倘若再走近一点,你又可以看到有许多叶上都爬着长长的绿色的虫子,在爬过的叶上留下了半圆缺口。就在这有着缺口的叶片上,你可以看到各样的斑驳陆离的彩痕。对着这彩痕,你可以随便想到什么东西,想到地图,想到水彩画,想到被雨水冲过的墙上的残痕,再玄妙一点儿,想到宇宙,想到有着各种彩色的迷离的梦影。这许许多多的东西,都在这小的叶片上呈现给你。当你想到地图的时候,你可以任意指定一个小的黑点,算作你的故乡。再大一点的黑点,算作你曾游过的湖或山,你不是也可以在你心的深处浮起点温热的感觉么?这苍老的枸杞树就是我的宇宙。不,这叶片就是我的全宇宙。我替它把长长的虫子拿下来,摔在地上,对着它,我给自己描画种种涂着彩色的幻想,我把我的童稚的幻想,拴在这苍老的枝干上。

在雨天,牛乳色的轻雾给每件东西涂上一层淡影。这苍黑的枝干更显得黑了。雨住了的时候,有一两个蜗牛在上面悠然地爬着,散步似的从容,蜘蛛网上残留的雨滴,静静地发着光。一条虹从北屋的脊上伸展出去,像拱桥不知伸到什么地方去了。这枸杞的顶尖就正顶着这桥的中心。不知从什么地方来的阴影,渐渐地爬过了西墙,墙隅的蜘蛛网,树叶浓密的地方仿佛把这阴影捉住了一把似的,渐渐地黑起来。只剩了夕阳的余晖返照在这苍老的枸杞树的圆圆的顶上,淡红的一片,熠耀着,俨然如来佛头顶上金色的圆光。

以后,黄昏来了,一切角隅皆为黄昏所占领了。我同几个朋友出去到西单一带散步。穿过了花市,晚香玉在薄暗里发着幽香。不知在什么时候,什么地方,我曾读过一句诗:"黄昏里充满了木樨花的香。"我觉得很美丽。虽然我从来没有闻到过木樨花的香;虽然我明知道现在我闻到的是晚香玉的香。但是我总觉得我到了那种缥缈的诗意的境界似的。在淡黄色的灯光下,我们摸索着转近了幽黑的小胡同,走回了公寓。这苍老的枸杞树只剩下了一团凄迷的影子,靠了北墙站着。

跟着来的是个长长的夜。我坐在窗前读着预备考试的功课。大头尖尾的绿色小虫,在糊了白纸的玻璃窗外有所寻觅似的撞击着。不一会儿,一个从缝里挤进来了，接着又一个，又一个。成群地围着灯飞。当我听到卖"玉米面饽饽"夏长的永远带点儿寒冷的声音，从远处的小巷子里越过了墙飘过来的时候，我便捻熄了灯，睡下去。于是又开始了同蚊子和臭虫的争斗。在静静的长夜里，忽然醒了，残梦依然压在我心头，倘若我听到又有窸窣的声音在这棵苍老的枸杞树周围，我便知道外面又落了雨。我注视着这神秘的黑暗，我描画给自己：这枸杞树的苍黑的枝干该黑了吧；那只蜗牛有所趋避该匆匆地在向隐蔽处爬去吧；小小的圆的蜘蛛网，该又捉住雨滴了吧，这雨滴在黑夜里能不能静静地发着光呢？我做着天真的童话般的梦。我梦到了这棵苍老的枸杞树——这枸杞树也做梦么？第二天早晨起来，外面真的还在下着雨。空气里充满了清新的沁人心脾的清香。荷叶上顶着珠子似的雨滴，蜘蛛网上也顶着，静静地发着光。

  在如火如荼的盛夏转入初秋的澹远里去的时候，我这种诗意的又充满了稚气的生活，终于也不能继续下去。我离开这公寓，离开这苍老的枸杞树，移到清华园里来，到现在差不多四年了。这园子素来是以水木著名的。春天里，满园怒放着红的花，远处看，红红的一片火焰。夏天里，垂柳拂着地，浓翠扑上人的眉头。红霞般的爬山虎给冷清的深秋涂上一层凄艳的色彩。冬天里，白雪又把这园子安排成为一个银的世界。在这四季，又都有西山的一层轻渺的紫气，给这园子添了不少的光辉。这一切颜色：红的，翠的，白的，紫的，混合着涂上了我的心，在我心里幻成一幅绚烂的彩画。我做着红色的，翠色的，白色的，紫色的，各样颜色的梦。论理说起来，我在西城公寓做的童话般的梦，早该被挤到不知什么地方去了。但是，我自己也不了解，在不经意的时候，总有一棵苍老的枸杞树的影子飘过。飘过了春天的火焰似的红花，飘过了夏天的垂柳的浓翠，飘过了红霞似的爬山虎，一直到现在，是冬天,白雪正把这园子装成银的世界。混合了氤氲的西山的紫气,静定在我的心头。在一个浮动的幻影里,我仿佛看到:有夕阳的余晖返照在这棵苍老的枸杞树的圆圆的顶上,淡红的一片,熠耀着,像如来佛头顶上的金光。

1933 年 12 月 8 日雪之下午

马缨花

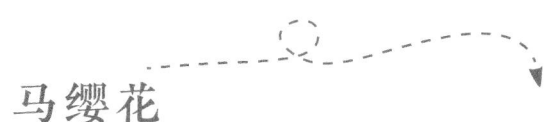

> 眼前的这些马缨花同我回忆里的比起来,一个是照相的底片,一个是洗好的照片;一个是影,一个是光。影中的马缨花也许是值得留恋的,但是光中的马缨花不是更可爱吗?

曾经有很长的一段时间,我孤零零一个人住在一个很深的大院子里。从外面走进去,越走越静,自己的脚步声越听越清楚,仿佛从闹市走向深山。等到脚步声成为空谷足音的时候,我住的地方就到了。

院子不小,都是方砖铺地,三面有走廊。天井里遮满了树枝,走到下面,浓荫匝地,清凉蔽体。从房子的气势来看,从梁柱的粗细来看,依稀还可以看出当年的富贵气象。

这富贵气象是有来源的。在几百年前,这里曾经是明朝的东厂。不知道有多少忧国忧民的志士曾在这里被囚禁过,也不知道有多少人在这里受过苦刑,甚至丧掉性命。据说当年的水牢现在还有迹可寻哩。

等到我住进去的时候,富贵气象早已成为陈迹,但是阴森凄苦的气氛却是原封未动。再加上走廊上陈列的那一些汉代的石棺石椁,古代的刻着篆字和隶字的石碑,我一走回这个院子里,就仿佛进入了古墓。这样的环境,这样的气氛,把我的记忆提到几千年前去;有时候我简直就像是生活在历史里,自己俨然成为古人了。

这样的气氛同我当时的心情是相适应的,我一向又不相信有什么鬼神,所以我住在这里,也还处之泰然。

但是也有紧张不泰然的时候。往往在半夜里,我突然听到推门的声音,声音很大,很强烈。我不得不起来看一看。那时候经常停电,我只能在黑暗中摸索着爬起来,摸索着找门,摸索着走出去。院子里一片浓黑,什么东西也看不见,连树影子也仿佛同黑暗粘在一起,一点都分辨不出来。我只听到大香椿树上有一阵窸窸窣窣的声音,然后"咪噢"的一声,有两只小电灯似的眼睛从树枝深处对着我闪闪发光。

这样一个地方,对我那些经常来往的朋友们来说,是不会引起什么好感的。有几位在白天还有兴致来找我谈谈,他们很怕在黄昏时分走进这个院子。万一有事,不得不来,也一定在大门口向工友再三打听,我是否真在家里,然后才有勇气,跋涉过那一个长长的胡同,走过深深的院子,来到我的屋里。有一次,我出门去了,看门的工友没有看见,一位朋友走到我住的那个院子里。在黄昏的微光中,只见一地树影,满院石棺,我那小窗上却没有灯光。他的腿立刻抖了起来,费了好大力量,才拖着它们走了出去。第二天我们见面时,谈到这点经历,两人相对大笑。

我是不是也有孤寂之感呢?应该说是有的。当时正是"万家墨面没蒿莱"的时代,北京城一片黑暗。白天在学校里的时候,同青年同学在一起,从他们那蓬蓬勃勃的斗争意志和生命活力里,还可以汲取一些力量和快乐,精神十分振奋。但是，一到晚上，当我孤零地一个人走回这个所谓家的时候，我仿佛遗世而独立。没有人声，没有电灯，没有一点活气。在煤油灯的微光中，我只看到自己那高得、大得、黑得惊人的身影在四面的墙壁上晃动，仿佛是有个巨灵来到我的屋内。寂寞像毒蛇似的偷偷地袭来，折磨着我，使我无所逃于天地之间。

在这样无可奈何的时候，有一天，在傍晚的时候，我从外面一走进那个院子，蓦地闻到一股似浓似淡的香气。我抬头一看，原来是遮满院子的马缨花开花了。在这以前，我知道这些树都是马缨花树，但是我却没有十分注意它们。今天它们用自己的香气告诉了我它们的存在。这对我似乎是一件新事。我不由得就站在树下，仰头观望：细碎的叶子密密地搭成了一座天棚，天棚上面是一层粉红色的细丝般的花瓣，向远处望去，就像是绿云层上浮上了一团团的红雾。香气就是从这一片绿云里洒下来的，洒满了整个院子，洒满了我的全身，使我仿佛游泳在香海里。

花开也是常有的事，开花有香气更是司空见惯。但是，在这样一个时候，这样一个地方，有这样的花，有这样的香，我就觉得很不寻常；有花香慰我寂寥，我甚至有一些近乎感激的心情了。

从此，我就爱上了马缨花，把它当成了自己的知心朋友。

北京终于解放了。1949年的10月1日给全中国带来了光明与希望，给全世界带来了光明与希望。这一个具有重大意义的日子在我的生命里划了一道鸿沟，我仿佛重新获得了生命。可惜不久我就搬出了那个院子，同那些可爱的马缨花告别了。

时间也过得真快，到现在，才一转眼的工夫，已经过去了十三年。这十三年是我生命史上最重要、最充实、最有意义的十三年。我看了许多新东西,学习了很多新东西,走了很多新地方。我当然也看了很多奇花异草。我曾在亚洲大陆最南端科摩林海角看到高凌霄汉的巨树上开着大朵的红花;我曾在缅甸的避暑胜地东枝看到开满了小花园的火红照眼的不知名的花朵;我也曾在塔什干看到长得像小树般的玫瑰花。这些花都是异常美妙动人的。

然而使我深深地怀念的却仍然是那些平凡的马缨花,我是多么想见到它们呀!

最近几年来,北京的马缨花似乎多起来了。在公园里,在马路旁边,在大旅馆的前面,在草坪里,都可以看到新栽种的马缨花。细碎的叶子密密地搭成了一座座的天棚,天棚上面是一层粉红色的细丝般的花瓣。远处望去,就像是绿云层上浮上了一团团的红雾。这绿云红雾飘满了北京,衬上红墙、黄瓦,给人民的首都增添了绚丽与芬芳。

我十分高兴,我仿佛是见了久别重逢的老友。但是,我却隐隐约约地感觉到,这些马缨花同我回忆中的那些很不相同。叶子仍然是那样的叶子,花也仍然是那样的花;在短短的十几年以内,它绝不会变了种。它们不同之处究竟何在呢?

我最初确实是有些困惑,左思右想,只是无法解释。后来,我扩大了我回忆的范围,不把回忆死死地拴在马缨花上面,而是把当时所有同我有关的事物都包括在里面。不管我是怎样喜欢院子里那些马缨花,不管我是怎样爱回忆它们,回忆的范围一扩大,同它们联系在一起的不是黄昏,就是夜雨,否则,就是迷离凄苦的梦境。我好像是在那些可爱的马缨花上面从来没有见到哪怕是一点点阳光。

然而,今天摆在我眼前的这些马缨花,却仿佛总是在光天化日之下。

即使是在黄昏时候，在深夜里，我看到它们，它们也仿佛是生气勃勃，同浴在阳光里一样。它们仿佛想同灯光竞赛，同明月争辉。同我回忆里那些马缨花比起来，一个是照相的底片，一个是洗好的照片；一个是影，一个是光。影中的马缨花也许是值得留恋的，但是光中的马缨花不是更可爱吗？

　　我从此就爱上了这光中的马缨花，而且我也爱藏在我心中的这一个光与影的对比。它能告诉我很多事情，带给我无穷无尽的力量，送给我无限的温暖与幸福；它也能促使我前进。我愿意马缨花永远在这光中含笑怒放。

1962 年 10 月 1 日

夹竹桃

> 夹竹桃却在那里悄悄地一声不响,一朵花败了,又开出一朵,一嘟噜花黄了,又长出一嘟噜;在和煦的春风里,在盛夏的暴雨里,在深秋的清冷里,看不出什么特别茂盛的时候,也看不出什么特别衰败的时候,无日不迎风弄姿,从春天一直到秋天……

夹竹桃不是名贵的花,也不是最美丽的花;但是,对我说来,她却是最值得留恋最值得回忆的花。

不知道由于什么缘故,也不知道从什么时候起,在我故乡的那个城市里,几乎家家都种上几盆夹竹桃,而且都摆在大门内影壁墙下,正对着大门口。客人一走进大门,扑鼻的是一阵幽香,入目的是绿蜡似的叶子和红霞或白雪似的花朵,立刻就感觉到仿佛走进自己的家门口,大有宾至如归之感了。

我们家的大门内也有两盆,一盆红色的,一盆白色的。我小的时候,天天都要从这下面走出走进。红色的花朵让我想到火,白色的花朵让我想到雪。火与雪是不相容的;但是这两盆花却融洽地开在一起,宛如火上有雪,或雪上有火。我顾而乐之,小小的心灵里觉得十分奇妙,十分有趣。

只有一墙之隔，转过影壁，就是院子。我们家里一向是喜欢花的；虽然没有什么非常名贵的花，但是常见的花却是应有尽有。每年春天，迎春花首先开出黄色的小花，报告春的消息。以后接着来的是桃花、杏花、海棠、榆叶梅、丁香等等，院子里开得花团锦簇。到了夏天，更是满院葳蕤。凤仙花、石竹花、鸡冠花、五色梅、江西腊等等，五彩缤纷，美不胜收。夜来香的香气熏透了整个的夏夜的庭院，是我什么时候也不会忘记的。一到秋天，玉簪花带来凄清的寒意，菊花报告花事的结束。总之，一年三季，花开花落，没有间歇；情景虽美，变化亦多。

然而，在一墙之隔的大门内，夹竹桃却在那里悄悄地一声不响，一朵花败了，又开出一朵；一嘟噜花黄了，又长出一嘟噜；在和煦的春风里，在盛夏的暴雨里，在深秋的清冷里，看不出什么特别茂盛的时候，也看不出什么特别衰败的时候，无日不迎风弄姿，从春天一直到秋天，从迎春花一直到玉簪花和菊花，无不奉陪。这一点韧性，同院子里那些花比起来，不是形成一个强烈的对照吗？

但是夹竹桃的妙处还不止于此。我特别喜欢月光下的夹竹桃。你站在它下面，花朵是一团模糊；但是香气却毫不含糊，浓浓烈烈地从花枝上袭了下来。它把影子投到墙上，叶影参差，花影迷离，可以引起我许多幻想。我幻想它是地图，它居然就是地图了。这一堆影子是亚洲，那一堆影子是非洲，中间空白的地方是大海。碰巧有几只小虫子爬过，这就是远渡重洋的海轮。我幻想它是水中的荇藻，我眼前就真的展现出一个小池塘。夜蛾飞过映在墙上的影子就是游鱼。我幻想它是一幅墨竹，我就真看到一幅画。微风乍起，叶影吹动，这一幅画竟变成活画了。有这样的韧性，能这样引起我的幻想，我爱上了夹竹桃。

好多好多年，我就在这样的夹竹桃下面走出走进。最初我的个儿矮，必须仰头才能看到花朵。后来，我逐渐长高了，夹竹桃在我眼中也就逐渐矮了起来。等到我眼睛平视就可以看到花的时候，我离开了家。

我离开了家，过了许多年，走过许多地方。我曾在不同的地方看到过夹竹桃，但是都没有留下深刻的印象。

两年前，我访问了缅甸，在仰光开过几天会以后，缅甸的许多朋友们热情地陪我们到缅甸北部古都蒲甘去游览。这地方以佛塔著名，有"万塔之城"的称号。据说，当年确有万塔。到了今天，数目虽然没有那样多了，但是，纵目四望，嶙嶙峋峋，群塔簇天，一个个从地里涌出，宛如阳朔群山，又像是云南的石林，用"雨后春笋"这一句老话，差堪比拟。虽然花草树木都还是绿的，但是时令究竟是冬天了，一片萧瑟荒寒气象。

然而就在这地方，在我们住的大楼前，我却意外地发现了老朋友夹竹桃。一株株都跟一层楼差不多高，以至我最初竟没有认出它们来。花色比国内的要多，除了红色的和白色的以外，记得还有黄色的。叶子比我以前看到的更绿得像绿蜡，花朵开在高高的枝头，更像片片的红霞、团团的白雪、朵朵的黄云。苍郁繁茂，浓翠逼人，同荒寒的古城形成了强烈的对比。

我每天就在这样的夹竹桃下走出走进。晚上同缅甸朋友们在楼上凭栏闲眺，畅谈各种各样的问题，谈蒲甘的历史，谈中缅文化交流，谈中缅两国人民的友谊。在这时候，远处的古塔逐渐隐入暮霭中，近处的几个古塔上却给电灯照得通明，望之如灵山幻境。我伸手到栏外，就可以抓到夹竹桃的顶枝。花香也一阵一阵地从下面飘上楼来，仿佛把中缅友谊熏得更加芬芳。

就这样，在对于夹竹桃的婉美动人的回忆里，又涂上了一层绚烂夺目的中缅人民友谊的色彩。我从此更爱夹竹桃。

1962年10月17日

二月兰

> 我们常讲什么什么花"怒放",这个"怒"字用得真是无比地奇妙。二月兰一"怒",仿佛从土地深处吸来一股原始力量,一定要把花开遍大千世界,紫气直冲云霄,连宇宙都仿佛变成紫色的了。

转眼,不知怎样一来,整个燕园竟成了二月兰的天下。二月兰是一种常见的野花。花朵不大,紫白相间。花形和颜色都没有什么特异之处。如果只有一两棵,在百花丛中,决不会引起任何人的注意。但是它却以多胜,每到春天,和风一吹拂,便绽开了小花;最初只有一朵、两朵、几朵。但是一转眼,在一夜间,就能变成百朵、千朵、万朵。大有凌驾百花之上的势头了。

我在燕园里已经住了四十多年。最初我并没有特别注意到这种小花。直到前年,也许正是二月兰开花的大年,我蓦地发现,从我住的楼旁小土山开始,走遍了全园,眼光所到之处,无不有二月兰在。宅旁、篱下、林中、山头、土坡、湖边,只要有空隙的地方,都是一团紫气,间以白雾,小花开得淋漓尽致,气势非凡,紫气直冲云霄,连宇宙都仿佛变成紫色的了。

我在迷离恍惚中,忽然发现二月兰爬上了树,有的已经爬上了树顶,有的正在努力攀登,连喘气的声音似乎都能听到。我这一惊可真不小:莫非二月兰真成了精了吗?再定睛一看,原来是二月兰丛中一些藤萝,也正在开着花,花的颜色同二月兰一模一样,所差的就仅仅只缺少那一团白雾。我实在觉得我这个幻觉非常有趣。带着清醒的意识,我仔细观察起来:除了花形之外,颜色真是一般无二。反正我知道了这是两种植物,心里有了底,然而再一转眼,我仍然看到二月兰往枝头爬。这是真的呢?还是幻觉?——由它去吧。

自从意识到二月兰存在以后,一些同二月兰有联系的回忆立即涌上心头。原来很少想到的或根本没有想到的事情,现在想到了;原来认为十分平常的琐事,现在显得十分不平常了。我一下子清晰地意识到,原来这种十分平凡的野花竟在我的生命中占有这样重要的地位。我自己也有点吃惊了。

我回忆的丝缕是从楼旁的小土山开始的。这一座小土山,最初毫无惊人之处,只不过二三米高,上面长满了野草。我每次都在心中暗恨这小山野草之多。后来不知由于什么原因,把山堆高了一两米。这样一来,山就颇有一点山势了。东头的苍松,西头的翠柏,都仿佛恢复了青春,一年四季,郁郁葱葱。中间一棵榆树,从树龄来看,只能算是松柏的曾孙,然而也枝干繁茂,高枝直刺入蔚蓝的晴空。

我不记得从什么时候起我注意到小山上的二月兰。这种野花开花大概也有大年小年之别的。碰到小年,只在小山前后稀疏地开上那么几片。遇到大年,则山前山后开成大片。二月兰仿佛发了狂。我们常讲什么什么花"怒放",这个"怒"字用得真是无比的奇妙。二月兰一"怒",仿佛从土地深处吸来一股原始力量,一定要把花开遍大千世界,紫气直冲云霄,连宇宙都仿佛变成紫色的了。

东坡的词说:"人有悲欢离合,月有阴晴圆缺,此事古难全。"但是花们好像是没有什么悲欢离合。应该开时,它们就开;该消失时,它们就消失。它们是"纵浪大化中",一切顺其自然,自己无所谓什么悲与喜。我的二月兰就是这个样子。

然而,人这个万物之灵却偏偏有了感情,有了感情就有了悲欢。这真是多此一举,然而没有法子。人自己多情,又把情移到花,"泪眼问花花不语",花当然"不语"了。如果花真"语"起来,岂不吓坏了人!这些道理我十分明白。然而我仍然把自己的悲欢挂到了二月兰上。

当年老祖还活着的时候,每到春天二月兰开花的时候,她往往拿一把小铲,带一个黑书包,到成片的二月兰旁青草丛里去搜挖荠菜。只要看到她的身影在二月兰的紫雾里晃动,我就知道在午餐或晚餐的餐桌上必然弥漫着荠菜馄饨的清香。当婉如还活着的时候,她每次回家,只要二月兰正在开花,她离开时,她总穿过左手是二月兰的紫雾,右手是湖畔垂柳的绿烟,匆匆忙忙走去,把我的目光一直带到湖对岸的拐弯处。当小保姆杨莹还在我家时,她也同小山和二月兰结上了缘。我曾套宋词写过三句话:"午静携侣寻野菜,黄昏抱猫向夕阳,当时只道是寻常。"我的小猫虎子和咪咪还在世的时候,我也往往在二月兰丛里看到她们:一黑一白,在紫色中格外显眼。

所有这些琐事都是寻常到不能再寻常了。然而,曾几何时,到了今天,老祖和婉如已经永远永远地离开了我们。小莹也回了山东老家。至于虎子和咪咪也各自遵循猫的规律，不知钻到了燕园中哪一个幽暗的角落里，等待死亡的到来。老祖和婉如的走，把我的心都带走了。虎子和咪咪我也忆念难忘。如今，天地虽宽，阳光虽照样普照，我却感到无边的寂寥与凄凉。回忆这些往事，如云如烟，原来是近在眼前，如今却如蓬莱灵山，可望而不可即了。

对于我这样的心情和我的一切遭遇，我的二月兰无动于衷，照样自己开花。今年又是二月兰开花的大年。在校园里，眼光所到之处，无不有二月兰在。宅旁、篱下、林中、山头、土坡、湖边，只要有空隙的地方，都是一团紫气，间以白雾，小花开得淋漓尽致，气势非凡，紫气直冲霄汉，连宇宙都仿佛变成紫色的了。

这一切都告诉我，二月兰是不会变的，世事沧桑，于它如浮云。然而我却是在变的，月月变，年年变。我想以不变应万变，然而办不到。我想学习二月兰，然而办不到。不但如此，它还硬把我的记忆牵回到我一生最倒霉的时候。正是在二月兰开花的时候，我被管制劳动改造。有很长一段时间，我每天到一个地方去捡破砖碎瓦，还随时准备着被红卫兵押解到什么地方去"批斗"。可是在砖瓦缝里二月兰依然开放，怡然自得，笑对春风，好像是在嘲笑我。

在很长一段时间内，我成了"不可接触者"，几年没接到过一封信，很少有人敢同我打个招呼。我虽处人世，实为异类。

然而我一回到家里，老祖、德华她们，在每人每月只能得到恩赐十几元钱生活费的情况下，殚思竭虑，弄一点好吃的东西，希望能给我增加点营养；更重要的恐怕还是，希望能给我增添点生趣。婉如和延宗也尽可能地多回家来。我的小猫憨态可掬，偎依在我的身旁。她们不懂哲学，分不清两类不同性质的矛盾。人视我为异类,她们视我为好友,从来没有表态要同我划清界限。所有这一些极其平常的琐事,都给我带来了无量的安慰。窗外尽管千里冰封,室内却是暖气融融。我觉得,在世态炎凉中,还有不炎凉者在。这一点暖气支撑着我,走过了人生最艰难的一段路,没有堕入深涧,一直到今天。

我感觉到悲,又感觉到欢。

到了今天,天运转动,否极泰来,不知怎么一来,我一下子成为"极可接触者",到处听到的是美好的言辞,到处见到的是和悦的笑容。我从内心里感激我这些新老朋友,他们绝对是真诚的。他们鼓励了我,他们启发了我。然而,一回到家里,虽然德华还在,延宗还在,可我的老祖到哪里去了呢?我的婉如到哪里去了呢?还有我的虎子和咪咪到哪里去了呢?世界虽照样朗朗,阳光虽照样明媚,我却感觉异样的寂寞与凄凉。

我感觉到欢,不感觉到悲。

我年届耄耋,前面的路有限了。几年前,我写过一篇短文,叫《老猫》,意思很简明,我一生有个特点:不愿意麻烦人。了解我的人都承认。难道到了人生最后一段路上我就要改变这个特点吗?不,不,不想改变。我真想学一学老猫,到了大限来临时,钻到一个幽暗的角落里,一个人悄悄地离开人世。

这话又扯远了。我并不认为眼前就有制定行动计划的必要。我还有很多事情要做,而且我的健康情况也允许我去做。有一位青年朋友说我忘记了自己的年龄。这话极有道理。可我并没有全忘。有一个问题我还想弄弄清楚哩。按说我早已到了"悲欢离合总无情"的年龄,应该超脱一点了。然而在离开这个世界以前,我还有一件心事:我想弄清楚,什么叫"悲"?

什么又叫"欢"？是我成为"不可接触者"时悲呢？还是成为"极可接触者"时欢？如果没有老祖和婉如的逝世，这问题本来是一清二白的，现在却是悲欢难以分辨了。我想得到答复。我走上了每天必登临几次的小山，我问苍松，苍松不语；我问翠柏，翠柏不答。我问三十多年来亲眼看见我这些悲欢离合的二月兰，它也沉默不语，兀自万朵怒放，笑对春风，紫气直冲霄汉。

1993年6月11日写完

槐 花

在我们的日常生活中,我们都有这样一个经验:越是看惯了的东西,便越是习焉不察,美丑都难看出。这种现象在心理学上是容易解释的:一定要同客观存在的东西保持一定的距离,才能客观地去观察。

自从移家朗润园,每年在春夏之交的时候,我一出门向西走,总是清香飘拂,溢满鼻官。抬眼一看,在流满了绿水的荷塘岸边,在高高低低的土山上面,就能看到成片的洋槐,满树繁花,闪着银光;花朵缀满高树枝头,开上去,开上去,一直开到高空,让我立刻想到新疆天池上看到的白皑皑的万古雪峰。

这种槐树在北方是非常习见的树种。我虽然也陶醉于氤氲的香气中,但却从来没有认真注意过这种花树——惯了。

有一年,也是在这样春夏之交的时候,我陪一位印度朋友参观北大校园。走到槐花树下,他猛然用鼻子吸了吸气,抬头看了看,眼睛瞪得又大又圆。我从前曾看到一幅印度人画的人像,为了夸大印度人眼睛之大,他把眼睛画得扩张到脸庞的外面。这一回我真仿佛看到这一位印度朋友瞪大了的眼睛扩张到了面孔以外来了。

"真好看呀！这真是奇迹！"

"什么奇迹呀？"

"你们这样的花树。"

"这有什么了不起呢？我们这里多得很。"

"多得很就不了不起了吗？"

我无言以对，看来辩论下去已经毫无意义了。可是他的话却对我起了作用：我认真注意槐花了，我仿佛第一次见到它，非常陌生，又似曾相识。我在它身上发现了许多新的以前从来没有发现的东西。

在沉思之余，我忽然想到，自己在印度也曾有过类似的情景。我在海德拉巴看到耸入云天的木棉树时，也曾大为惊诧。碗口大的红花挂满枝头，殷红如朝阳，灿烂似晚霞，我不禁大为慨叹：

"真好看呀！简直神奇极了！"

"什么神奇？"

"这木棉花。"

"这有什么神奇呢？我们这里到处都有。"

陪伴我们的印度朋友满脸迷惑不解的神气。我的眼睛瞪得多大，我自己看不到。现在到了中国，在洋槐树下，轮到印度朋友（当然不是同一个人）瞪大眼睛了。

在我们的日常生活中，我们都有这样一个经验：越是看惯了的东西，便越是习焉不察，美丑都难看出。这种现象在心理学上是容易解释的：一定要同客观存在的东西保持一定的距离，才能客观地去观察。难道我们就不能有意识地去改变这种习惯吗？难道我们就不能永远用新的眼光去看待一切事物吗？

  我想自己先试一试看，果然有了神奇的效果。我现在再走过荷塘看到槐花，努力在自己的心中制造出第一次见到的幻想，我不再熟视无睹，而是尽情地欣赏。槐花也仿佛是得到了知己，大大小小、高高低低的洋槐，似乎在喃喃自语，又对我讲话。周围的山石树木，仿佛一下子活了起来，一片生机，融融氤氲。荷塘里的绿水仿佛更绿了，槐树上的白花仿佛更白了，人家篱笆里开的红花仿佛更红了。风吹，鸟鸣，都洋溢着无限生气。一切眼前的东西联在一起，汇成了宇宙的大欢畅。

1986 年 6 月 3 日

石榴花

> 因为来晚了,所以没有赶得上春天开花,而是在夏历五月。等到百花都凋谢以后,石榴才一枝独秀,散发出亮红的光芒。

我喜爱石榴,但不是它的果,而是它的花。石榴花,红得锃亮,红得耀眼,同宇宙间任何红颜色都不一样。古人诗:"五月榴花照眼明。"著一"照"字,著一"明"字,而境界全出。谁读了这样的诗句,而不兴会淋漓的呢?

在中国,确有大片土地上栽种石榴的地方,比如陕西的秦始皇陵一带。从陵下一直到小山似的陵顶上,到处长满了一棵棵的石榴树,气势恢宏,绿意满天。可惜我到的时候,已经过了开花的季节。只见树上结满了个头极大的石榴,累累垂垂,盈树盈陵。可惜红花一朵也没有看到,实为莫大憾事。遥想旧历五月时节,花照眼明,满陵开成一片亮红,仿佛连天空都给染红了。那样的风光,现在只能意会神领了。

在我居住最久的两座城市里,在济南和北京,石榴却不是一种常见的植物。济南南关佛山街的老宅子，是一所典型的四合院。西屋是正房，房外南北两侧，各有一棵海棠花，早已高过了屋脊，恐怕已是百年旧树。春天满树繁花，引来了成群的蜜蜂，嗡嗡成一团。北屋门前左侧有一棵石榴树。石榴树本来就长不太高的，从来没有见过参天的石榴树。我们这一棵也不过丈八高，但树龄恐怕也有几十年了。每年夏初开花时，翠叶红花，把小院子照得一片亮红。

院子是个大杂院。我们家住北屋。南屋里住的是一家姓田的木匠。他有两个女儿，大的乳名叫小凤，小的叫小华。我决不迷信，但是我相信缘分，因为它确实存在，不相信是不行的。缘分的存在，小华和我的关系就能证明。她那时还不到两岁，路走不全，话也说不全。可是独独喜欢我。每次见到我，即使是正在母亲的怀抱里，也必挣扎出母亲的怀抱，张开小手，让我来抱。按流传的办法，她应该叫我"大爷"；但是两字相连，她发不出音来，于是缩减为一个"爷"字。抱在我怀里，她满嘴"爷""爷"，乐不可支。

这时正是夏初季节，石榴花开得正欢。有一天，吃过午饭，我躺在石榴树下一张躺椅上睡午觉。大概是睡得十分香甜。"大梦谁先觉？平生我自知。"可惜，诸葛亮知道，我却不知道。不知道睡了多久，我朦胧醒来。睁眼一看，一个不满三块豆腐干高的小玩意儿，正站在我的枕旁，一声不响，大气不出，静静地等我醒来。一见我睁开惺忪的眼睛，立即活跃起来，一头扎在我的怀中，要我抱她，嘴里"爷！爷！"喊个不停。不是别人，正是小华。我又惊又喜，连忙把她抱了起来。抬头看到透过层层绿叶正开得亮红的石榴花。

以后，我出了国。在欧洲待了十一年以后，又回到祖国来，住在北京大学中关园第一公寓的一个单元里。我床头壁上挂着著名画家溥心畲画的一个条幅，上面画的是疏疏朗朗的一枝石榴，有一个果和一枝花，那一枝花颇能流露出石榴花特有的照眼明的神采。旁边题着两句诗："只为归来晚，开花不及春。"多么神妙的幻想！石榴原来不是中原的植物，大约是在汉代从中亚安国等国传进来的，所以又叫"安石榴"。这情况到了诗人笔下，就被诗意化了。因为来晚了，所以没有赶得上春天开花，而是在夏历五月。等到百花都凋谢以后，石榴才一枝独秀，散发出亮红的光芒。

我那时候很忙，难得有睡懒觉的时间。偶尔在星期天睡上一次。躺在床上，抬眼看到条幅上画的石榴花，思古之幽情，不禁油然而发。并没有古到汉代，只古到了二十几年前在佛山街住的时候。当时北屋前的那一棵石榴树是确确实实的存在物，而今却杳如黄鹤早已不存在了。而眼前画中的石榴，虽不是真东西，却实实在在地存在着。世事真如电光石火，倏忽变化万端。我尤其忆念不忘的是当年只会喊"爷"的小华子。隔了二十多年，恐怕她早已是绿叶成阴子满枝了。奈之何哉！奈之何哉！

整整四十年前，我移家燕园内的朗润园。门前有小片隙地，遂圈以篱笆，辟为小小的花园，栽种了一些花木。十几年前，一位同事送给我一棵小石榴树。只有尺把高。我就把它栽在小花园里，绿叶滴翠，极惹人爱。我希望它第二年初夏能开出花来。但是，我失望了。又盼第三年，依然是失望。十几年下来，树已经长得很高，却仍然是只见绿叶，不见红花。我没有研究过植物学，但是听说，有的树木是有性别的。由树的性别，我忽然联想到了语言的性别。在现代语言中，法文名词有阴、阳二性；德文名词有阴、阳、中三性。古代梵文也有三性。在某些佛典中偶尔也有讲到语言的地方。一些译经的和尚把中性译为"黄的"，"黄的"者，太监也，非男非女之谓也。我惊叹这些和尚之幽默。却忽然想到，难道我们这一棵石榴树竟会是"黄的"吗？

然而，到了今年，奇迹却出现了。一天早晨，我站在阳台上看池塘中的新荷，我的眼前忽然一亮，"万绿丛中一点红"。我连忙擦了擦昏花的老眼，发现石榴树的绿叶丛中有一个亮红的小骨朵儿。我又惊又喜，我们的石榴树有喜了，它不是"黄的"了。我在大喜之余，遍告诸友。有人对我说："你要走红运了！"我对张铁嘴、王半仙之流的讲运气的话，一向不信。但是，运气，同缘分一样，却是不能不信的。说白了是运气，说文了就是机遇。你能不相信机遇吗？

说老实话，今年确是有一些连做梦都想不到的怪事出现在我的身边。求全之毁，根本没有。不虞之誉却纷至沓来。难道我真交了好运了吗？我从来不认为自己有什么了不起。现在是收获得太多，而给予得太少，时有愧怍之感。我已经九十晋二，富贵于我真如浮云了。我只希望能壮壮实实地再活上一些年，再做一点对人有益的事情，以减少自己的愧怍之感。我尤其希望，在明年此时，石榴花能再照亮我的眼睛。

2002年6月10日

神奇的丝瓜

我无法同丝瓜对话,这是一个沉默的奇迹。瓜秧仿佛成了一根神秘的绳子,绿叶上照旧浓翠扑人眉宇。我站在丝瓜下面,陷入梦幻。而丝瓜则似乎心中有数,无言静观,它怡然泰然悠然坦然,仿佛含笑面对秋阳。

今年春天,孩子们在房前空地上,斩草挖土,开辟出来了一个一丈见方的小花园。周围用竹竿扎了一个篱笆,移来了一棵玉兰花树,栽上了几株月季花,又在竹篱下面随意种上了几棵扁豆和两棵丝瓜。土壤并不肥沃,虽然也铺上了一层河泥,但估计不会起很大的作用,大家不过是玩玩而已。

过了不久,丝瓜竟然长了出来,而且日益茁壮、长大。这当然增加了我们的兴趣。但是我们也并没有过高的期望。我自己每天早晨工作疲倦了,常到屋旁的小土山上走一走、站一站,看看墙外马路上的车水马龙和亚运会招展的彩旗,顾而乐之,只不过顺便看一看丝瓜罢了。

丝瓜是普通的植物,我也并没有想到会有什么神奇之处。可是忽然有一天,我发现丝瓜秧爬出了篱笆,爬上了楼墙。以后,每天看丝瓜,总比前一天向楼上爬了一大段；最后竟从一楼爬上了二楼，又从二楼爬上了三楼。说它每天长出半尺，绝非夸大之词。丝瓜的秧不过像细绳一般粗，如不注意，连它的根在什么地方，都找不到。这样细的一根秧竟能在一夜之间输送这样多的水分和养料，供应前方，使得上面的叶子长得又肥又绿，爬在灰白色的墙上，一片浓绿，给土墙增添了无量活力与生机。

这当然让我感到很惊奇，我的兴趣随之大大地提高。每天早晨看丝瓜成了我的主要任务，爬小山反而成为次要的了。我往往注视着细细的瓜秧和浓绿的瓜叶，陷入沉思，想得很远，很远……

又过了几天，丝瓜开出了黄花。再过几天，有的黄花就变成了小小的绿色的瓜。瓜越长越长，越长越长，重量当然也越来越增加，最初长出的那一个小瓜竟把瓜秧坠下来了一点，直挺挺地悬垂在空中，随风摇摆。我真是替它担心，生怕它经不住这一份重量，会整个地从楼上坠了下来落到地上。

然而不久就证明了，我这种担心是多余的。最初长出来了的瓜不再长大，仿佛得到命令停止了生长。在上面，在三楼一位一百零二岁的老太太的窗外窗台上，却长出来两个瓜。这两个瓜后来居上，发疯似的猛长，不久就长成了小孩胳膊一般粗了。这两个瓜加起来恐怕有五六斤重，那一根细秧怎么能承担得住呢？我又担心起来。没过几天，事实又证明了我是杞人忧天。两个瓜不知从什么时候忽然弯了起来，把躯体放在老太太的窗台上，从下面看上去，活像两个粗大弯曲的绿色牛角。

不知道从哪一天起，我忽然又发现，在两个大瓜的下面，在二三楼之间，在一根细秧的顶端，又长出来了一个瓜，垂直地悬在那里。我又犯了担心病：这个瓜上面够不到窗台，下面也是空空的；总有一天，它越长越大，会把上面的两个大瓜也坠了下来，一起坠到地上，落叶归根，同它的根部聚合在一起。

然而今天早晨，我却看到了奇迹。同往日一样，我习惯地抬头看瓜：下面最小的那一个早已停止生长，孤零零地悬在空中，似乎一点分量都没有；上面老太太窗台上那两个大的，似乎长得更大了，威武雄壮地压在窗台上；中间的那一个却不见了。我看看地上，没有看到掉下来的瓜。等我倒退几步抬头再看时，却看到那一个我认为失踪了的瓜，平着身子躺在抗震加固时筑上的紧靠楼墙凸出的一个台子上。这真让我大吃一惊。这样一个原来垂直悬在空中的瓜怎么忽然平身躺在那里了呢？这个凸出的台子无论是从上面还是从下面都是无法上去的，决不会有人把丝瓜摆平的。

我百思不得其解，徘徊在丝瓜下面，像达摩老祖一样，面壁参禅。我仿佛觉得这棵丝瓜有了思想，它能考虑问题，而且还有行动，它能让无法承担重量的瓜停止生长；它能给处在有利地形的大瓜找到承担重量的地方，给这样的瓜特殊待遇，让它们疯狂地长；它能让悬垂的瓜平身躺下。如果不是这样的话，无论如何也无法解释我上面谈到的现象。但是，如果真是这样的话，又实在令人难以置信。丝瓜用什么来思想呢？丝瓜靠什么来指导自己的行动呢？上下数千年，纵横几万里，从来也没有人说过，丝瓜会有思想。我左考虑，右考虑，越考虑越糊涂。我无法同丝瓜对话，这是一个沉默的奇迹。瓜秧仿佛成了一根神秘的绳子，绿叶上照旧浓翠扑人眉宇。我站在丝瓜下面，陷入梦幻。而丝瓜则似乎心中有数，无言静观，它怡然泰然悠然坦然，仿佛含笑面对秋阳。

1990年10月9日

美人松

> 棵棵都仿佛成了戴着钢盔,手执长矛,亭亭玉立的美女,既刚劲,又柔弱;既挺拔,又婀娜。简直是人间奇迹,是天上神话,是童话中的侠女,是净土乐园中的将军……我瞪大了眼睛,失神落魄,不知瞅了多久。

我看过黄山松,我看过泰山松,我也看过华山松。自以为天下之松尽收眼中矣。现在到了延边,却忽然从地里冒出来了一个美人松。

我年虽老迈,而见识实短。根据我学习过的美学概念,松树雄奇伟岸,刚劲粗犷,铁根盘地,虬枝撑天,应该归入阳刚之美。而美人则娇柔妩媚,婀娜多姿,应该归入阴柔之美。顾名思义,美人松是把这两种美结合起来的。两种截然相反的东西,竟能结合在一起,这将是一种什么样子呢?

我就这样怀着满腹疑团,登上了驶往长白山去的汽车。一路之上,我急不可待,频频向本地的朋友发问:什么是美人松呀?美人松是什么样子呀?路旁的哪一棵树是美人松呀?我好像已经返老还童,倒转回去了七十年,成了一个充满了好奇心的顽童。

汽车驶出延吉已经一百七十多公里，我们停下休息，在此午餐。这个地方叫二道白河，是一个不大的小镇。完全出我意料，在我们的餐馆对面，只隔着一条马路，有一小片树林，四周用铁栏围住，足见身份特异。我一打听，司机师傅慢应之曰："这就是美人松林，是全国，当然也就是全世界唯一的一片美人松聚族而居的地方，是全国的保护重点区。"他是"司空见惯浑闲事"，而我则瞪大了眼睛，惊诧不已：原来这就是美人松呀！

我的疲意和饿意，顿时一扫而空。我走近了铁栏杆，把全身的神经都集中到了双眼上，原来已经昏花的老眼蓦地明亮起来，真仿佛能洞见秋毫。我看到眼前一片不大的美人松林，棵棵树的树干都是又细又长，一点儿也没有平常松树树干上那种鳞甲般的粗皮，有的只是柔腻细嫩的没有一点儿疙瘩的皮，而且颜色还是粉红色的，真有点儿像二八妙龄女郎的腰肢，纤细苗条，婀娜多姿。每一棵树的树干都很高，仿佛都拼着命往上猛长，直刺白云青天。可是高高耸立在半空里的树顶，叶子都是不折不扣的松树的针叶，也都像钢丝一般，坚硬挺拔。这样一来，树干与树顶的对比显然极不协调。棵棵都仿佛成了戴着钢盔，手执长矛，亭亭玉立的美女：既刚劲，又柔弱；既挺拔，又婀娜。简直是人间奇迹，是天上神话，是童话中的侠女，是净土乐园中的将军……我瞪大了眼睛，失神落魄，不知瞅了多久。我瞪目结舌，似乎要喘不过气来了。

因为我看到这些树实在都非常年轻，问了一下本地的主人。主人说：这些树有的是一二百年，有的三四百年，有的年龄更老，老到说不出年代。反正几十年来，他们看到这里的美人松总是一个样子，似乎他们真是长生多术，还童有方。他们天天坐对美人松，虽然也觉得奇怪，但毕竟习以为常。但是，对我这样初来乍到的人来说，却只有惊诧了。

美人松既然这样神奇，极富于幻想力的当地老百姓中，就流传起来了一段民间传说：当年，在抗日战争最艰苦的时期，杨靖宇将军率领着抗日联军，与顽敌周旋在长白山深山密林中。在一次战略转移中，一位女护士背着一个伤病员，来到了一片苍秀挺拔的松树林中，不幸与敌人遭遇。敌我人数悬殊，护士急中生智，把伤病员藏在一个杂树荫蔽的石洞中，自己则向相反的方向跑去。敌人把她包围起来，她躲在一棵松树后面，向敌人射击。敌人一个个在她的神枪之下倒地身亡。最后她的子弹打光了，自己也受伤流血。她倚在一棵高耸笔直的松树后面，流尽了自己最后一滴血。从此以后，染血的松树树干就变成了粉红色……

这个传说难道不是十分壮烈又异常优美吗？难道还不能剧烈地拨动每一个人的心弦吗？

然而对一个稍微细心的人来说，其中的矛盾却是太显而易见了。美人松的粉红色的树皮，百年、千年、万年以前，早已成为定局。哪里可能是在五六十年前才变成了粉红色的呢？编这一段故事的老百姓的心情，是完全可以理解的。我也宁愿相信这个民间传说。但是，我在上面提到的那一不大不小的矛盾，实在是太明显了，即使相信了，心也难安，而理也难得。

我苦思苦想，排解不开，在恍惚迷离中，时间忽然倒转回去了数千年、数万年，说不清多少年。我进入了一场幻觉，看到了长白山下百里松海的大大小小的、老老少少的松树们聚集在一起开会。一棵万年古松当了主席，议题只有一个，就是向长白山土地抗议：为什么他们这一批顶撑青天碧染宇宙的松树，只能在长白山脚下生长，连半山都不允许去呢？这未免太不公平、太不合理了。于是悻悻然，愤愤然，群情激昂，决议立即上山。数百万棵松树，形成大军，以排山倒海之势，所向无前之威，棵棵奋勇登山，一时喧声直达三十三天。此时山神土地勃然大怒，咒起了狂风暴雨，打向松树大军。大军不敌，顷刻溃败，弃甲曳兵，逃回山下。从此乐天知命，安居乐业，莽莽苍苍，百里松海，一直绿到今天。

众松中的美人松，除了登山泄愤的目的以外，还有一点个人的打算。她们同天池龙宫的三太子据说是有宿缘的。她们乘此机会，奋勇登山，想一结秦晋之好，实现万年宿缘。然而，众松溃退，她们哪里有力量只身挺住呢？于是紧随众松，退到山下，有几棵跑得慢的，就留在了长白山下百里松海之中，错杂地住在那里。占全部美人松大部分的，一气跑了下去，跑到了离开长白山已经一百多公里的二道白河，刹住了脚，住在这里了。她们又急、又气、又惭、又怒，身子一下子就变成了粉红色……

我正处在幻觉中，猛然有一阵清风拂过美人松林，簌簌作响，我立即惊醒过来。睁眼望着这一些真正把阴柔之美与阳刚之美融合得天衣无缝的秀丽苗条的美人松，不知道应该作何感想。美人松在风中点着头，仿佛对我微笑。

1992 年 7 月 30 日草稿写于延吉
1992 年 8 月 9 日定稿于北京燕园

我用四个字来表示清华的校格,这四个字是:清新俊逸。给北大的则是:凝重深厚。

书 · 香 · 之 · 旅

清华梦忆

> 我用四个字来表示清华的校格,这四个字是:清新俊逸。给北大的则是:凝重深厚。

人有人格,国有国格,校也有校格。

以北大和清华而论,两校同为全国最高学府,共同之处当然很多;但是不同之处也颇突出。这就是所谓两校校格不同。

不同之处究竟何在呢?

这是一个大题目,恐怕开上几次国际研讨会,也难以说得明白的。我现在不揣简陋,聊陈己见。

整整70年前的1930年,我从山东到北京(平)来考大学。来自五湖四海的五六千学生,心中最高的目标就是北大和清华。但是这两所大学门槛是异常高的,往往是几十个学生中才能录取一个。我有幸被两所大学都录取了。由于我幻想把自己这一个渺小粗陋的身躯镀上一层不管是多么薄的金子，好以此吓唬人，抢得一只好饭碗，而镀金只能出国留学，留学的机会清华比北大多一些，所以我就舍北大而取清华。

在清华住了一段时间以后，对清华校格逐渐明确了，最后形成了初步的看法。我在北大有不少朋友，言谈之间，也了解到了北大的一些情况，于是对北大的校格也逐渐形成了一个明确的概念。我恍然小悟：两所大学的校格原来竟是有许多不同之处的。

我从小处谈起，先举一个小例子。在清华，呼唤服务的工人，一般都叫作"工友"。在北大，据说是叫"听差"。而在朝阳大学则是"茶房"。在清华，工人和教师、学生处于平等的地位上。在北大则处于主仆的地位。而在朝阳则是处于雇客与旅馆杂役的地位。这是一件十分细微的末节，然而却是多么生动，多么清楚，又多么耐人寻味。

其中原因，我认为并不复杂。清华建立的基础是美国退还的庚子赔款，完全受美国的影响，受资本主义的影响，身上没有封建的包袱。而北大则是由京师大学堂转变成的，身上背着几千年的封建传统。好的方面是文化基础雄厚，坏的方面是封建主义严重。我听人说到过——据说这并不是笑话，北大初建时，学习西方，有体操一门课，聘请了专门的体操教员，这些人当然都是平头老百姓。而被他们训练的学生则很多都是世荫的二三品大员。教员发口令时，不敢明目张胆地喊出"立正！""稍息！"，于是想出了一个奇妙的办法，改变舶来的口令，大喊："老爷们立正！""老爷们稍息！"从这些小事儿也可以看出来，清华多的是资本主义，北大多的是封建主义。

但是，稍有一些辩证法常识的人都会知道，世间事物都是一分为二的。北大的封建主义也能产生好的效果，如果北大没有这样浓重的封建传统或者气氛，五四运动，即使注定要爆发，也决不会是在北大。你能够想象清华会爆发反封建的五四运动吗？即使1919年清华已经建成了大学，而不是留美预备学校，这样的事情也决不会出现的。人们常说，坏事变成了好事，北大的封建传统促成了改变中国面貌的启蒙运动，不正证实了这一句话吗？

　　五四运动对中国，特别是对中国学界，更特别是对北大，留下了深远的影响。北大学生继承了自东汉大学生起就有了的关心国家大事，天下兴亡、匹夫有责的爱国主义传统，对政治动向特别敏感，到了五四运动，达到了一个高潮。从那以后，历届学生运动几乎都从北大开始就是一个证明。在这方面，清华并不落后，"一二·九"运动就是一个生动的例证。在这一点上，清华与北大是有相同之处的。

　　我在清华待了四年，而在北大则已经待了五十四年，是清华的十几倍。我一直到今天还在不断考虑两校同异的问题。我一向不赞成西方那种以分析的思维模式为基础的一、二、三、四，A、B、C、D的分析方法，而垂青于中国的以综合的思维模式为基础的评断方法。中国古代月旦人物、品评艺术，都不采用分析的方法，而是选用几个简单的、生动的、形象的、看似模糊而实则内涵极为丰富的词语，形神毕具，给人以无量的暗示能力，给人以无限的想象活动的余地。根据这一准则，我用四个字来表示清华的校格，就是：清新俊逸。给北大的则是：凝重深厚。二者各有千秋，无所轩轾于其间。但二者是能够，也是必须互相学习的。这样做是互补的、两利的。谁要是想成为"老子天下第一"，那就必然会是"可怜无补费精神"。

　　以上是我对北大和清华两校校格的看法，也是我对两校的希望和祝福。

　　在母校将庆祝成立90年华诞之际，《清华大学学报》（哲社版）的副主编刘石教授写信给我，要我写点纪念文字。这是我义不容辞的。但是，

可写的东西真是太多太多了。想来想去,终于决定了写上面这一番怪论。我自己说它是"怪论",这是我以退为进的手法,我是一点也不觉得它有什么"怪"的。如果我真正认为它怪,我就决不会写出来出自己的丑。我认为,这是我一家之言,是长期思考的结果。我希望能够在北大、清华两校找到一些知音。

2000 年 11 月 7 日

清塘荷韵

> 池塘里的荷叶虽然仍是绿油油的一片,但是看来变成残荷之日也不会太远了。再过一两个月,池水一结冰,连残荷也将消逝得无影无踪。那时荷花大概会在冰下冬眠,做着春天的梦。它们的梦一定能够圆的。

楼前有清塘数亩。记得三十多年前初搬来时,池塘里好像是有荷花的,我的记忆里还残留着一些绿叶红花的碎影。后来时移事迁,岁月流逝,池塘里却变得"半亩方塘一鉴开,天光云影共徘徊",再也不见什么荷花了。

我脑袋里保留的旧的思想意识颇多,每一次望到空荡荡的池塘,总觉得好像缺点什么。这不符合我的审美观念。有池塘就应当有点绿的东西,哪怕是芦苇呢,也比什么都没有强。最好的最理想的当然是荷花。中国旧的诗文中,描写荷花的简直是太多太多了。周敦颐的《爱莲说》,读书人不知道的恐怕是绝无仅有的。他那一句有名的"香远益清"是脍炙人口的。几乎可以说,中国人没有不爱荷花的。可我们楼前池塘中独独缺少荷花。每次看到或想到,总觉得是一块心病。

有人从湖北来，带来了洪湖的几颗莲子，外壳呈黑色，极硬。据说，如果埋在淤泥中，能够千年不烂。因此，我用铁锤在莲子上砸开了一条缝，让莲芽能够破壳而出，不致永远埋在泥中。这都是一些主观的愿望，莲芽能不能长出，都是极大的未知数。反正我总算是尽了人事，把五六颗敲破的莲子投入池塘中，下面就是听天由命了。

这样一来，我每天就多了一件工作：到池塘边上去看上几次。心里总是希望，忽然有一天，"小荷才露尖尖角"，有翠绿的莲叶长出水面。可是，事与愿违，投下去的第一年，一直到秋凉落叶，水面上也没有出现什么东西。经过了寂寞的冬天，到了第二年，春水盈塘，绿柳垂丝，一片旖旎的风光。可是，我翘盼的水面上却仍然没有露出什么荷叶。此时我已经完全灰了心，以为那几颗湖北带来的硬壳莲子，由于无法解释的原因，大概不会再有长出荷花的希望了。我的目光无法把荷叶从淤泥中吸出。

但是，到了第三年，却忽然出了奇迹。有一天，我忽然发现，在我投莲子的地方长出了几个圆圆的绿叶，虽然颜色极惹人喜爱，但是却细弱单薄，可怜兮兮地平卧在水面上，像水浮莲的叶子一样。而且最初只长出了五六个叶片。我总嫌这有点太少，总希望多长出几片来。于是，我盼星星，盼月亮，天天到池塘边上去观望。有校外的农民来捞水草，我总请求他们手下留情，不要碰断叶片。但是经过了漫漫的长夏，凄清的秋天又降临人间，池塘里浮动的仍然只是孤零零的那五六个叶片。对我来说，这又是一个虽微有希望但究竟仍是令人灰心的一年。

真正的奇迹出现在第四年上。严冬一过，池塘里又溢满了春水。到了一般荷花长叶的时候，在前一年飘浮着五六个叶片的地方，一夜之间，突然长出了一大片绿叶，而且看来荷花在严冬的冰下并没有停止行动，因为在离开原有五六个叶片的那块基地比较远的池塘中心，也长出了叶片。叶片扩张的速度，扩张的范围，都是惊人地快。几天之内，池塘内不小一部分，已经全为绿叶所覆盖。而且原来平卧在水面上的像是水浮莲一样的叶片，不知道是从哪里聚集来了力量，有一些竟然跃出了水面，长成了亭亭的荷叶。原来我心中还迟迟疑疑，怕池中长的是水浮莲，而不是真正的荷花。这样一来，我心中的疑云一扫而光：池塘中生长的真正是洪湖莲花的子孙了。我心中狂喜，这几年总算是没有白等。

　　天地萌生万物，对包括人在内的动植物等有生命的东西，总是赋予一种极其惊人的求生存的力量和极其惊人的扩展蔓延的力量，这种力量大到无法抗御。只要你肯费力来观摩一下，就必然会承认这一点。现在摆在我面前的就是我楼前池塘里的荷花。自从几个勇敢的叶片跃出水面以后，许多叶片接踵而至。一夜之间，就出来了几十枝，而且迅速地扩散、蔓延。不到十几天的工夫，荷叶已经蔓延得遮蔽了半个池塘。从我撒种的地方出发，向东西南北四面扩展。我无法知道，荷花是怎样在深水中淤泥里走动。反正从露出水面的荷叶来看，每天至少要走半尺的距离，才能形成眼前这个局面。

　　光长荷叶，当然是不能满足的。荷花接踵而至，而且据了解荷花的行家说，我门前池塘里的荷花，同燕园其他池塘里的，都不一样。其他地方的荷花，颜色浅红；而我这里的荷花，不但红色浓，而且花瓣多，每一朵花能开出十六个复瓣，看上去当然就与众不同了。这些红艳耀目的荷花，高高地凌驾于莲叶之上，迎风弄姿，似乎在睥睨一切。幼时读旧诗："毕竟西湖六月中，风光不与四时同。接天莲叶无穷碧，映日荷花别样红。"爱其诗句之美，深恨没有能亲自到杭州西湖去欣赏一番。现在我门前池塘中呈现的就是那一派西湖景象。是我把西湖从杭州搬到燕园里来了。岂不大快人意也哉！前几年才搬到朗润园来的周一良先生赐名为"季荷"。我觉得很有趣，又非常感激。难道我这个人将以荷而传吗？

前年和去年，每当夏月塘荷盛开时，我每天至少有几次徘徊在塘边，坐在石头上，静静地吸吮荷花和荷叶的清香。"蝉噪林愈静，鸟鸣山更幽。"我确实觉得四周静得很。我在一片寂静中，默默地坐在那里，水面上看到的是荷花的绿肥、红肥。倒影映入水中，风乍起，一片莲瓣堕入水中，它从上面向下落，水中的倒影却是从下边向上落，最后一接触到水面，二者合为一，像小船似的漂在那里。我曾在某一本诗话上读到两句诗："池花对影落，沙鸟带声飞。"作者深惜第二句对仗不工。这也难怪，像"池花对影落"这样的境界究竟有几个人能参悟透呢？

晚上，我们一家人也常常坐在塘边石头上纳凉。有一夜，天空中的月亮又明又亮，把一片银光洒在荷花上。我忽听扑通一声。是我的小白波斯猫毛毛扑入水中，它大概是认为水中有白玉盘，想扑上去抓住。它一入水，大概就觉得不对头，连忙矫捷地回到岸上，把月亮的倒影打得支离破碎，好久才恢复了原形。

今年夏天，天气异常闷热，而荷花则开得特欢。绿盖擎天，红花映日，把一个不算小的池塘塞得满而又满，几乎连水面都看不到了。一个喜爱荷花的邻居，天天兴致勃勃地数荷花的朵数。今天告诉我，有四五百朵；明天又告诉我，有六七百朵。但是，我虽然知道他为人细致，却不相信他真能数出确实的朵数。在荷叶底下，石头缝里，旮旮旯旯，不知还隐藏着多少菡萏儿，都是在岸边难以看到的。粗略估计，今年开了将近一千朵。真可以算是洋洋大观了。

连日来，天气突然变寒。好像是一下子从夏天转入秋天。池塘里的荷叶虽然仍然是绿油一片，但是看来变成残荷之日也不会太远了。再过一两个月，池水一结冰,连残荷也将消逝得无影无踪。那时荷花大概会在冰下冬眠,做着春天的梦。它们的梦一定能够圆的。"冬天如果来了,春天还会远吗?"

我为我的"季荷"祝福。

1997年9月16日中秋节

我在清华大学念书的时候

我现在想根据我在清华学习4年的印象,对西洋文学系做一点评价,谈一谈我个人的一点看法。我想先从古希腊找一张护身符贴到自己身上:"吾爱吾师,吾尤爱真理。"有了这一张护身符,我就可以心安理得,能够畅所欲言了。

我少无大志,从来没有想到做什么学者。中国古代许多英雄,根据正史的记载,都颇有一些豪言壮语,什么"大丈夫当如是也!"什么"彼可取而代也!"又是什么"燕雀焉知鸿鹄之志哉?"真正掷地作金石声,令我十分敬佩,可我自己不是那种人。

在我读中学的时候,像我这种从刚能吃饱饭的家庭出身的人,唯一的目的和希望就是——用当时流行的口头语来说——能抢到一只"饭碗"。当时社会上只有三个地方能生产"铁饭碗":一个是邮政局,一个是铁路局,一个是盐务稽核所。这三处地方都掌握在不同国家的帝国主义分子手中。在那半殖民地社会里,"老外"是上帝。不管社会多么动荡不安,不管"城头"多么"变幻大王旗","老外"是谁也不敢碰的。他们生产的"饭碗"

是"铁"的,砸不破,摔不碎。只要一碗在手,好好干活,不违"洋"命,则终生会有饭吃,无忧无虑,成为羲皇上人。

我的家庭也希望我在高中毕业后能抢到这样一只"铁饭碗"。我不敢有违严命,高中毕业后曾报考邮政局。若考取后,可以当一名邮务生。如果勤勤恳恳,不出娄子,干上十年二十年,也可能熬到一个邮务佐,算是邮局里的一个芝麻绿豆大的小官了;就这样混上一辈子,平平安安,无风无浪。幸乎?不幸乎?我没有考上。大概面试的"老外"看我不像那样一块料,于是我名落孙山了。在这样的情况下,我才报考了大学。北大和清华都录取了我。我同当时众多的青年一样,也想出国去学习,目的只在"镀金",并不是想当什么学者。"镀金"之后,容易抢到一只饭碗,如此而已。在出国方面,我以为清华条件优于北大,所以舍后者而取前者。后来证明,我这一宝算是押中了。这是后事,暂且不提。

清华是当时两大名牌大学之一,前身叫留美预备学堂,是专门培养青年到美国去学习的。留美若干年镀过了金以后,回国后多为大学教授,有的还做了大官。在这些人里面究竟出了多少真正的学者,没有人做过统计,我不敢瞎说。同时并存的清华国学研究院,是一所很奇特的机构,仿佛是西装革履中一袭长袍马褂,非常不协调。然而在这个不起眼的机构里却有名闻宇内的四大导师:梁启超、王国维、陈寅恪、赵元任。另外有一名年轻的讲师李济,后来也成了大师。这个国学研究院,与其说它是一所现代化的学堂,毋宁说它是一所旧日的书院。一切现代化学校必不可少的烦琐的规章制度,在这里似乎都没有。师生直接联系,师了解生,生了解师,真正做到了循循善诱,因材施教。虽然只办了几年,梁、王两位大师一去世,立即解体,然而所创造的业绩却是非同小可。我不确切知道究竟毕业了多少人，估计只有几十个人，但几乎全都成了教授，其中有若干位还成了学术界的著名人物。听史学界的朋友说，中国20世纪30年代后形成了一个学术派别，名叫"吾师派"，大概是由某些人写文章常说的"吾师梁任公""吾师王静安""吾师陈寅恪"等衍变而来的。从这一件小事也可以看到清华国学研究院在学术界影响之大。

吾生也晚，没有能亲逢国学研究院的全盛时期。我于1930年入清华时，留美预备学堂和国学研究院都已不再存在，清华改成了"国立清华大学"。清华有一个特点：新生投考时用不着填上报考的系名，录取后，再由学生自己决定入哪一个系；读上一阵，觉得不恰当，还可以转系。转系在其他一些大学中极为困难——比如说现在的北京大学，但在当时的清华，却真易如反掌。可是根据我的经验：世上万事万物都具有双重性。没有入系的选择自由，很不舒服；现在有了入系的选择自由，反而更不舒服。为了这个问题，我还真伤了点脑筋。系科盈目，左右掂量，好像都有点吸引力，究竟选择哪一个系呢？我一时好像变成了莎翁剧中的Hamlet碰到了To be or not to be——That is the question。我是从文科高中毕业的，按理说，文科的系对自己更适宜。然而我却忽然一度异想天开，想入数学系，真是"可笑不自量"。经过长时间的考虑，我决定入西洋文学系（后改名外国语文系）。这一件事也证明我"少无大志"，我并没有明确的志向，想当哪一门学科的专家。

当时的清华大学的西洋文学系，在全国各大学中是响当当的名牌。原因据说是由于外国教授多，讲课当然都用英文，连中国教授讲课有时也用英文。用英文讲课，这可真不得了呀！只是这一条就能够发聋振聩，于是就名满天下了。我当时未始不在被振发之列，又同我那虚无缥缈的出国梦联系起来，我就当机立断，选了西洋文学系。

从 1930 年到现在，67 个年头已经过去了。所有的当年的老师都已经去世了。最后去世的一位是后来转到北大来的美国的温德先生，去世时已经活过了 100 岁。我现在想根据我在清华学习 4 年的印象，对西洋文学系做一点评价，谈一谈我个人的一点看法。我想先从古希腊找一张护身符贴到自己身上："吾爱吾师，吾尤爱真理。"有了这一张护身符，我就可以心安理得，能够畅所欲言了。

我想简略地实事求是地对西洋文学系的教授阵容做一点分析。我说"实事求是"，至少我认为是实事求是，难免有不同的意见，这就是平常所谓的"仁者见仁，智者见智"了。我先从系主任王文显教授谈起。他的英文极好，能用英文写剧本，没怎么听他说过中国话。他是莎士比亚研究的专家，有一本用英文写成的有关莎翁研究的讲义，似乎从来没有出版过。他隔年开一次莎士比亚的课，在堂上念讲义，一句闲话也没有。下课铃一摇，合上讲义走人。多少年来，都是如此。讲义是否随时修改，不得而知。据老学生说，讲义基本上不做改动。他究竟有多大学问，我不敢瞎说。他留给学生最深的印象是他充当冰球裁判时那种脚踏溜冰鞋似乎极不熟练的战战兢兢如履薄冰的神态。

现在我来介绍温德教授。他是美国人，怎样到清华来的，我不清楚。他教欧洲文艺复兴文学和第三年法语。他终身未娶，死在中国。据说他读的书很多，但没见他写过任何学术文章。学生中流传着有关他的许多轶闻趣事。他说，在世界上所有的宗教中，他最喜爱的是伊斯兰教，因为伊斯兰教的"天堂"很符合他的口味。学生中流传的轶闻之一就是：他身上穿着 500 块大洋买来的大衣（当时东交民巷外国裁缝店的玻璃橱窗中摆出一块呢料,大书"仅此一块"。被某一位冤大头买走后,第二天又摆出同样一块,仍然大书"仅此一块"。价钱比平常同样的呢料要贵上5至10倍),腋下夹着10块钱一册的《万人丛书》(Everyman's Library)(某一国的老外名叫Vetch,在北京饭店租了一间铺面,专售西书。他把原有的标价剪掉,然后抬高四五倍的价钱卖掉),眼睛上戴着用80块大洋配好但把镜片装反了的眼镜,徜徉在水木清华的林荫大道上,昂首阔步,醉眼蒙眬。

现在介绍翟孟生教授。他也是美国人,教西洋文学史。听说他原是清华留美预备学堂的理化教员。后来学堂撤销,改为大学,他就留在西洋文学系。他大概是颇为勤奋,确有著作,而且是厚厚的大大的巨册,在商务印书馆出版,书名叫 A Survey of European Literature。读了可以对欧洲文学得到一个完整的概念。但是,书中错误颇多,特别是在叙述某一部名作的故事内容中,时有张冠李戴之处。学生们推测,翟老师在写作此书时,手头有一部现成的欧洲文学史,又有一本 Story Book,讲一段文学发展的历史事实;遇到名著,则查一查 Story Book,没有时间和可能尽读原作,因此名著内容印象不深,稍一疏忽,便出讹误。不是行家出身,这种情况实在是难以避免的。我们不应苛责翟孟生老师。

现在介绍吴可读教授。他是英国人,讲授中世纪文学。他既无著作,也不写讲义。上课时他顺口讲,我们顺手记。究竟学到了些什么东西,我早已忘到九霄云外去了。他还讲授当代长篇小说一课。他共选了5部书,其中包括当时才出版不太久但已赫赫有名的《尤利西斯》和《追忆逝水年华》。此外还有托马斯·哈代的《还乡》,吴尔芙和劳伦斯各一部。第一二部谁也不敢说完全看懂。我只觉迷离模糊,不知所云。根据现在的研究水平来看,我们的吴老师恐怕也未必能够全部透彻地了解。

现在介绍毕莲教授。她是美国人。我也不清楚她是怎样到清华来的。听说她在美国教过中小学。她在清华讲授中世纪英语，也是一无著作，二无讲义。她的拿手好戏是能背诵英国大诗人 Chaucer 的 *Canterbury Tales* 开头的几段。听老同学说，每逢新生上她的课，她就背诵那几段，背得滚瓜烂熟，先给学生一个下马威。以后呢？以后就再也没有什么新花样了。年轻的学生们喜欢品头论足，说些开玩笑的话。我们说：程咬金还能舞上三板斧，我们的毕老师却只能砍上一板斧。

下面介绍两位德国教授。第一位是石坦安，讲授第三年德语。不知道他的专长何在，只是教书非常认真，颇得学生的喜爱。此外我对他便一无所知了。第二位是艾克，字锷风。他算是我的业师，他教我第四年德文，并指导我的学士论文。他在德国拿到过博士学位，主修的好像是艺术史。他精通希腊文和拉丁文，偏爱德国古典派的诗歌，对于其名最初隐而不彰后来却又大彰的诗人薛德林（Hölderlin）情有独钟，经常提到他。艾克先生教书并不认真，也不愿费力。有一次我们几个学生请他用德文讲授，不用英文。他便用最快的速度讲了一通，最后问我们："Verstehen Sie etwas davon？"（你们听懂了什么吗？）我们瞠目结舌，敬谨答曰："No!"从此天下太平，再也没有人敢提用德文讲授的事。他学问是有的，曾著有一部厚厚的《宝塔》，是用英文写的，利用了很丰富的资料和图片，专门讲中国的塔。这一部书在国外汉学界颇有一些名气。他的另外一部专著是研究中国明代家具的，附了很多图表，篇幅也相当多。由此可见他的研究兴趣之所在。他工资极高，孤身一人，租赁了当时辅仁大学附近的一座王府，他就住在银安殿上，雇了几个听差和厨师。他收藏了很多中国古代名贵字画，坐拥画城，享受王者之乐。1946年，我回到北京时，他仍在清华任教。

此时他已成了家,夫人是一位中国女画家,年龄比他小一半,年轻貌美。他们夫妇请我吃过烤肉。北京一解放,他们就流落到夏威夷。艾锷风老师久已谢世,他的夫人还健在。

我在上面提到过,我的学士论文是在艾锷风老师指导下写成的,是用英文写的,题目是"The Early Poems of F. Hölderlin"。英文原稿已经遗失,只保留下来了一份中文译文。一看这题目,就能知道是受到了艾先生的影响。现在回忆起来,我当时的德文水平不可能真正看懂薛德林的并不容易懂的诗句。当然,要说一点都不懂,那也不是事实。反正是半懂半不懂,囫囵吞枣,参考了几部《德国文学史》,写成了这一篇论文,分数是E(excellent,优)。我年轻时并不缺少幻想力,这是一篇幻想力加学术探讨写成的论文。本章的题目是"学术研究的发轫阶段"。如果这就算学术研究的话,说它是"发轫",也未尝不可。但是,这个"轫""发"得并不辉煌,里面并没有什么"天才的火花"。

现在再介绍西洋文学系的老师,先介绍吴宓(字雨僧)教授。他是美国留学生,是美国人文主义大师白璧德的弟子,在国内不遗余力地宣传自己老师的学说。他反对白话文,更反对白话文学。他联合了一些志同道合者,创办了《学衡》杂志,文章一律是文言。他自己也用文言写诗,后来出版了《吴宓诗集》。在中国文坛上,他属于右倾保守集团,没有什么影响。他给我们讲授两门课:一门是"英国浪漫诗人",一门是"中西诗之比较"。在美国他入的是比较文学系。在中国,他是提倡比较文学的先驱者之一。但是,他在这方面的文章却几乎不见。就以我为例,"比较文学"这个概念当时并没有形成。如果真有文章的话,他并不缺少发表的地方,《学衡》和天津《大公报·文学副刊》都掌握在他手中。留给我印象最深的只是他那些连篇累牍的关于白璧德人文主义的论述文章。在"英国浪漫诗人"这一堂课上,我记得最清楚的是他让我们背诵那些浪漫诗人的诗句,有时候要背得很长很长。理论讲授我一点也回忆不起来了。在"中西诗之比较"这一堂课上,除了讲点西方的诗和中国的古诗之外,关于理论我的回忆中也是一片空白。反之,最难忘的却是:他把自己一些新写成的旧诗也铅印成讲义,在堂上散发。他那有名的《空轩诗》就是在这种情况下发到我们手中的。雨僧先生生性耿直,古貌古心,却流传着许多"绯闻"。他似乎爱过追求过不少女士,最著名的一个是毛彦文。他曾有一首诗,开头两句是:"吴宓苦爱〇〇〇,三洲人士共惊闻。"隐含在三个〇里面的人名,用押韵的方式呼之欲出。"三洲"指的是亚、欧、美。这虽是诗人的夸大,知道的人确实不少,这却是事实。他的《空轩诗》被学生在小报《清华周刊》上改写为打油诗,给他开了一个不大不小的玩笑。第一首的头两句被译成了"一见亚北貌似花,顺着秋秸往上爬"。"亚北"者,指一个姓欧阳的女生。关于这一件事,我曾在发表在香港《大公报·文学副刊》上的一篇谈叶公超先生的散文中写到过,这里不再重复。回头仍然讲吴先生的"中西诗之比较"这一门课。为这一门课我曾写过一篇论文,题目忘记了,是师命或者自愿,我也忘记了。内容依稀记得是把陶渊明同一位英国浪漫诗人相比较,当然不会比出什么东西来的。我最近几年颇在一些文章和谈话中,对比较文学的"无限可比性"有所指责。x 和 y,任何两个诗人或其他作家都可以硬拉过来一比,有人称之为"拉郎配",是一个很形象的说法。焉知六十多年前自己就是一个"拉郎配"者或始作俑者。自己向天上吐的唾沫最终还是落到自己脸上,岂不尴尬也哉!然而这个事实我却无法否认。如果这样的文章也能算科学研究的"发轫"的话,我的发轫起点实在是很低的。但是,话又说了回来,在西洋文学系教授群中,讲真有学问的,雨僧先生算是一个。

下面介绍叶崇智(公超)教授。他教我们第一年英语,用的课本是英国女作家 Jane Austen 的《傲慢与偏见》。他的教学法非常离奇,一不讲授,二不解释,而是按照学生的座次——我先补充一句,学生的座次是并不固定的——从第一排右手起,每一个学生念一段,依次念下去。念多么长?好像也并没有一定之规,他一声令下:Stop!于是就 Stop 了。他问学生:"有问题没有?"如果没有,就是邻座的第二个学生念下去。有一次,一个同学提了一个问题,他大声喝道:"查字典去!"一声狮子吼,全堂愕然、肃然,屋里静得能听到彼此的呼吸声。从此天下太平,再没有人提任何问题了。就这样过了一年。公超先生英文非常好,对英国散文大概是很有研究的。可惜他惜墨如金,从来没见他写过任何文章。

在文坛上,公超先生大概属于新月派一系。他曾主编过——或者帮助编过一个纯文学杂志《学文》。我曾写过一篇散文《年》,送给了他。他给予这篇文章极高的评价,说我写的不是小思想、小感情,而是"人类普遍的意识"。他立即将文章送《学文》发表。这实出我望外,欣然自喜,颇有受宠若惊之感。为了表示自己的感激之情,兼怀有巴结之意,我写了一篇《我是怎样写起文章来的?》送呈先生。然而,这次却大出我意料,狠狠地碰了一个钉子。他把我叫了去,铁青着脸,把原稿掷给了我,大声说道:"我一个字都没有看!"我一时目瞪口呆,赶快拿着文章开路大吉。个中原因我至今不解。难道这样的文章只有成了名的作家才配得上去写吗?此文原稿已经佚失,我自己是自我感觉极为良好的。平心而论,我在清华 4 年,只写过几篇散文:《年》《黄昏》《寂寞》《枸杞树》,一直到今天,还是一片赞美声。清夜扪心，这样的文章我今天无论如何也写不出来了。我一生从不敢以作家自居，而只以学术研究者自命。然而具有讽刺意味的是：如果说我的学术研究起点很低的话，我的散文创作的起点应该说是不低的。

公超先生虽然一篇文章也不写，但是，他并非懒于动脑筋的人。有一次，他告诉我们几个同学，他正考虑一个问题：在中国古代诗歌中人的感觉——或者只是诗人的感觉的转换问题。他举了一句唐诗："静听松风寒。"最初只是用耳朵听，然而后来却变成了躯体的感受"寒"。虽然后来没见有文章写出，却表示他在考虑一些文艺理论的问题。当时教授与学生之间有明显的鸿沟：教授工资高，社会地位高，存在决定意识，由此就形成了"教授架子"这一个词儿；我们学生只是一群有待于到社会上去抢一只饭碗的碌碌青年。我们同教授们不大来往，路上见了面，也是望望然而去之，不敢用代替西方"早安""晚安"一类的致敬词儿的"国礼"："你吃饭了吗？""你到哪里去呀？"去向教授们表示敬意。

现在再介绍一位不能算是主要教授的外国女教授，她是德国人华兰德小姐，讲授法语。她满头银发，闪闪发光，恐怕已经有了一把子年纪，终身未婚。中国人习惯称之为"老姑娘"。也许正因为她是"老姑娘"，所以脾气有点变态。用医生的话说，可能就是迫害狂。她教一年级法语，像是教初小一年级的学生。后来我领略到的那种德国外语教学方法，她一点都没有。极简单的句子，翻来覆去地教，令人从内心深处厌恶。她脾气却极坏，又极怪，每堂课都在骂人。如果学生的卷子答得极其正确，让她无辫子可抓，她就越发生气，气得简直浑身发抖，面红耳赤，开口骂人，语无伦次。结果是把80%的学生全骂走了，只剩下我们五六个不怕骂的学生。我们商量"教训"她一下。有一天，在课堂上，我们一齐站起来，对她狠狠地顶撞了一番。大出我们所料，她屈服了。从此以后，天下太平，再也没有看到她撒野骂人了。她住在当时燕京大学南面军机处的一座大院子里，同一个美国"老姑娘"相依为命。二人合伙吃饭，轮流每人管一个月的伙食。在这一个月中，不管伙食的那一位就百般挑剔，恶毒咒骂。到了下个月，人变换了位置，骂者与被骂者也颠倒了过来。总之是每月每天必吵。然而二人却谁也离不开谁，好像吵架已经成了生活的必不可缺的内容。

我在上面介绍了清华西洋文学系的大概情况，决没有一句谎言。中国古话：为尊者讳，为贤者讳。这道理我不是不懂。但是为了真理，我不能用撒谎来讳，我只能据实直说。我也决不是说，西洋文学系一无是处。这个系能出像钱钟书和万家宝（曹禺）这样大师级的人物，必然有它的道理。我在这里无法详细推究了。

专就我个人而论，专从学术研究发轫这个角度上来看，我认为，我在清华4年，有两门课对我影响最大：一门是旁听而又因时间冲突没能听全的历史系陈寅恪先生的"佛经翻译文学"，一门是中文系朱光潜先生的"文艺心理学"，是一门选修课。这两门不属于西洋文学系的课程，我可万没有想到会对我终生产生了深刻而悠久的影响，决非本系的任何课程所能相比于万一。陈先生上课时让每个学生都买一本《六祖坛经》。我曾到今天的美术馆后面的某一座大寺庙里去购买此书。先生上课时，任何废话都不说，先在黑板上抄写资料，把黑板抄得满满的，然后再根据所抄的资料进行讲解分析；对一般人都不注意的地方提出崭新的见解，令人顿生石破天惊之感，仿佛酷暑饮冰，凉意遍体，茅塞顿开。听他讲课，简直是最高最纯的享受。这同他写文章的做法如出一辙。当时我对他的学术论文已经读了一些，比如《四声三问》等。每每还同几个同学到原物理楼南边王静安先生纪念碑前,共同阅读寅恪撰写的碑文,觉得文体与流俗不同,我们戏说这是"同光体"。有时在路上碰到先生腋下夹着一个黄布书包,走到什么地方去上课,步履稳重,目不斜视,学生们都投以极其尊重的目光。

朱孟实(光潜)先生是北大的教授,在清华兼课。当时他才从欧洲学成归来。他讲"文艺心理学",其实也就是美学。他的著作《文艺心理学》还没有出版,也没有讲义,他只是口讲,我们笔记。孟实先生的口才并不好,他不属于能言善辩一流,而且还似乎有点怕学生,讲课时眼睛总是往上翻,看着天花板上的某一个地方,不敢瞪着眼睛看学生。可他一句废话也不说,慢条斯理,操着安徽乡音很重的蓝青官话,讲着并不太容易理解的深奥玄虚的美学道理,句句仿佛都能钻入学生心中。他显然同鲁迅先生所说的那一类,在外国把老子或庄子写成论文让洋人吓了一跳,回国后却偏又讲康德、黑格尔的教授,完全不可相提并论。他深通西方哲学和当时在西方流行的美学流派,而对中国旧的诗词又极娴熟。所以在课堂上引东证西或引西证东,触类旁通,头头是道,毫无扞格牵强之处。我觉得,这才是真正的比较文学、比较诗学。这样的本领,在当时是凤毛麟角,到了今天,也不多见。他讲的许多理论,我终身难忘,比如 Lipps 的"感情移入说",到现在我还认为是真理,不能更动。

陈、朱二师的这两门课,使我终生受用不尽。虽然我当时还没有敢梦想当什么学者,然而这两门课的内容和精神却已在潜移默化中融入了我的内心深处。如果说我的所谓"学术研究"真有一个待"发"的"韧"的话,那个"韧"就隐藏在这两门课里面。

园花寂寞红

> 我抬头看到那大朵的牵牛花和多姿多彩的月季花,她们失去了自己的主人。朵朵都低眉敛目,一脸寂寞相,好像"溅泪"的样子。她们似乎认出了我,知道我是自己主人的老友,知道我是自己的认真入迷的欣赏者,知道我是自己的知己。

楼前右边,前临池塘,背靠土山,有几间十分古老的平房,是清代保卫八大园的侍卫之类的人住的地方。整整四十年以来,一直住着一对老夫妇:女的是德国人,北大教员;男的是中国人,钢铁学院教授。我在德国时,已经认识了他们,算起来到今天已经将近六十年了,我们算是老朋友了。三十年前,我们的楼建成,我是第一个搬进来住的。从那以后,老朋友又成了邻居。有些往来,是必然的。逢年过节,互相拜访,感情是融洽的。

我每天到办公室去,总会看到这个个子不高的老人,蹲在门前临湖的小花园里,不是除草栽花,就是浇水施肥;再就是砍几竿门前屋后的竹子,扎成篱笆。嘴里叼着半支雪茄,笑眯眯的。忙忙碌碌,似乎乐在其中。

他种花很有一些特点。除了一些常见的花以外,他喜欢种外国种的唐

菖蒲，还有颜色不同的名贵的月季。最难得的是一种特大的牵牛，比平常的牵牛要大一倍，宛如小碗口一般。每年春天开花时，颇引起行人的注目。据说，此花来头不小。在北京，只有梅兰芳家里有，齐白石晚年以画牵牛花闻名全世，临摹的就是梅府上的牵牛花。

我是颇喜欢一点花的。但是我既少空闲，又无水平。买几盆名贵的花，总养不了多久，就呜呼哀哉。因此，为了满足自己的美感享受，我只能像北京人说的那样"蹭"花。现在有这样神奇的牵牛花，绚丽夺目的月季和唐菖蒲，就摆在眼前，我焉得不"蹭"呢？每到下班或者开会回来，看到老友在侍弄花，我总要停下脚步，聊上几句，看一看花。花美，地方也美，湖光如镜，杨柳依依，说不尽的旖旎风光，人在其中，顿觉尘世烦恼，一扫而光，仿佛遗世而独立了。

但是，世事往往有出人意料者。两个月前，我忽然听说，老友在夜里患了急病，不到几个小时，就离开了人间。我简直不敢相信，然而这又确是事实。我年届耄耋，阅历多矣，自谓已能做到"悲欢离合总无情"了。事实上并不是这样。我有情，有多得超过了需要的情，老友之死，我焉能无动于衷呢？"当时只道是寻常"这一句浅显而实深刻的词，又萦绕在我心中。

几天来，我每次走过那个小花园，眼前总仿佛看到老友的身影，嘴里叼着半根雪茄，笑眯眯的，蹲在那里，侍弄花草。这当然只是幻象。老友走了，永远永远地走了。我抬头看到那大朵的牵牛花和多姿多彩的月季花，她们失去了自己的主人。朵朵都低眉敛目，一脸寂寞相，好像"溅泪"的样子。她们似乎认出了我，知道我是自己主人的老友，知道我是自己的认真入迷的欣赏者，知道我是自己的知己。她们在微风中摇曳，仿佛向我点头，向我倾诉心中郁积的寂寞。

现在才只是夏末秋初。即使是寂寞吧，牵牛和月季仍然能够开花的。一旦秋风劲吹，落叶满山，牵牛和月季还能开下去吗？再过一些时候，冬天还会降临人间的。到了那时候，牵牛们和月季们只能被压在白皑皑的积雪下面的土里，做着春天的梦，连感到寂寞的机会都不会有了。

明年，春天总会重返大地的。春天总还是春天，她能让万物复苏，让万物再充满了活力。但是，这小花园的月季和牵牛花怎样呢？月季大概还能靠自己的力量长出芽来，也许还能开出几朵小花。然而护花的主人已不在人间。谁为她们施肥浇水呢？等待她们的不仅仅是寂寞，而是枯萎和死亡。至于牵牛花，没有主人播种，恐怕连幼芽也长不出来。她们将永远被埋在地中了。

我一想到这里，不禁悲从中来。眼前包围着月季和牵牛花的寂寞，也包围住了我。我不想再看到春天，我不想看到春天来时行将枯萎的月季，我不想看到连幼芽都冒不出来的牵牛。我虔心默祷上苍，不要再让春天降临人间了。如果非降临不行的话，也希望把我楼前池边的这一个小花园放过去，让这一块小小的地方永远保留夏末秋初的景象，就像现在这样。

1992 年 8 月 30 日

幽径悲剧

> 人生毕竟还是一个荆棘丛,绝不是到处都盛开着玫瑰花。

出家门,向右转,只有二三十步,就走进一条曲径。有二三十年之久,我天天走过这一条路,到办公室去。因为天天见面,也就成了司空见惯,对它有点漠然了。

然而,这一条幽径却是大大有名的。记得在20世纪50年代,我在故宫的一个城楼上,参观过一个有关《红楼梦》的展览。我看到由几幅山水画组成的组画,画的就是这一条路。足证这一条路是同这一部伟大的作品有某一些联系的。至于是什么联系,我已经记忆不清。留在我记忆中的只是一点印象:这一条平平常常的路是有来头的,不能等闲视之。

这一条路在燕园中是极为幽静的地方。学生们称之为"后湖",他们是很少到这里来的。我上面说它平平常常,这话有点语病,它其实是颇为不平常的。一面傍湖,一面靠山,蜿蜒曲折,实有曲径通幽之趣。山上苍松翠柏,杂树成林。无论春夏秋冬,总有翠色在目。不知名的小花,从春天开起,过一阵换一个颜色,一直开到秋末。到了夏天,山上一团浓绿,人们仿佛是在一片绿雾中穿行。林中小鸟,枝头鸣蝉,仿佛互相应答。秋天,枫叶变红,与苍松翠柏,相映成趣,凄清中又饱含浓烈。几乎让人不辨四时了。

小径另一面是荷塘,引人注目主要是在夏天。此时绿叶接天,红荷映目。仿佛从地下深处爆发出一股无比强烈的生命力,向上,向上,向上,欲与天公试比高,真能使懦者立、怯者强,给人以无穷的感染力。

不管是在山上,还是在湖中,一到冬天,当然都有白雪覆盖。在湖中,昔日潋滟的绿波为坚冰所取代。但是在山上,虽然落叶树都把叶子落掉,可是松柏反而更加精神抖擞,绿色更加浓烈,意思是想把其他树木之所失,自己一手弥补过来,非要显示出绿色的威力不行。再加上还有翠竹助威,人们置身其间,绝不会感到冬天的萧索了。

这一条神奇的幽径,情况大抵如此。

在所有的这些神奇的东西中,给我印象最深、让我最留恋难忘的是一株古藤萝。藤萝是一种受人喜爱的植物。清代笔记中有不少关于北京藤萝的记述。在古庙中,在名园中,往往都有几棵寿达数百年的藤萝,许多神话故事也往往涉及藤萝。北大现住的燕园,是清代名园,有几棵古老的藤萝,自是意中事。我们最初从城里搬来的时候,还能看到几棵据说是明代传下来的藤萝。每到春天,紫色的花朵开得满棚满架,引得游人和蜜蜂猬集其间,成为春天一景。

但是,根据我个人的评价,在众多的藤萝中,最有特色的还是幽径的这一棵。它既无棚,也无架,而是让自己的枝条攀附在邻近的几棵大树的干和枝上,盘曲而上,大有直上青云之慨。因此,从下面看,除了一段苍黑古劲像苍龙般的粗干外,根本看不出是一株藤萝。每到春天,我走在树下,眼前无藤萝,心中也无藤萝。然而一股幽香蓦地闯入鼻官,嗡嗡的蜜蜂声也袭入耳内,抬头一看,在一团团的绿叶中——根本分不清哪是藤萝叶,哪是其他树的叶子——隐约看到一朵朵紫红色的花,颇有万绿丛中一点红的意味。直到此时,我才清晰地意识到这一棵古藤的存在,顾而乐之了。

茫茫燕园中,只剩下了幽径的这一棵藤萝了。它成了燕园中藤萝界的鲁殿灵光。每到春天,我在悲愤、惆怅之余,唯一的一点安慰就是幽径中这一棵古藤。每次走在它下面,闻到淡淡的幽香,听到嗡嗡的蜂声,顿觉这个世界还是值得留恋的,人生还不全是荆棘丛。其中情味,只有我一个人知道,不足为外人道也。

然而,我快乐得太早了。人生毕竟还是一个荆棘丛,绝不是到处都盛开着玫瑰花。今年春天,我走过长着这棵古藤的地方,我的眼前一闪,吓了一大跳:古藤那一段原来凌空的虬干,忽然成了吊死鬼,下面被人砍断,只留上段悬在空中,在风中摇曳。再抬头向上看,藤萝初绽出来的一些淡紫的成串的花朵,还在绿叶丛中微笑。它们还没有来得及知道,自己赖以生存的树干已经被砍断了,脱离了地面,再没有水分供它们生存了。它们仿佛成了失掉了母亲的孤儿,不久就会微笑不下去,连痛哭也没有地方了。

我是一个没有出息的人。我的感情太多,总是供过于求,经常为一些小动物、小花草惹起万斛闲愁。真正的伟人们是绝不会这样的。反过来说,如果他们像我这样的话,也绝不能成为伟人。我还有点自知之明,我注定是一个渺小的人,也甘于如此,我甘于为一些小猫小狗小花小草流泪叹气。这一棵古藤的灭亡在我心灵中引起的痛苦,别人是无法理解的。

从此以后,我最爱的这一条幽径,我真有点怕走了。我不敢再看那一段悬在空中的古藤枯干,它真像吊死鬼一般,让我毛骨悚然。非走不行的时候,我就紧闭双眼,疾趋而过。心里数着数:一、二、三、四,一直数到十,我估摸已经走到了小桥的桥头上,吊死鬼不会看到了,我才睁开眼走向前去。此时,我简直是悲哀至极,哪里还有什么闲情逸致来欣赏幽径的情趣呢?

但是,这也不行。眼睛虽闭,但耳朵是关不住的。我隐隐约约听到古藤的哭泣声,细如蚊蝇,却依稀可辨。它在控诉无端被人杀害。它在这里已经待了二三百年,同它所依附的大树一向和睦相处。它虽阅尽人间沧桑,却从无害人之意。每到春天,就以自己的花朵为人间增添美丽。焉知一旦毁于愚氓之手。它感到万分委屈,又投诉无门。它的灵魂死守在这里。每到月白风清之夜,它会走出来"显圣"的。在大白天,只能偷偷地哭泣。山头的群树、池中的荷花是对它深表同情的,然而又受到自然的约束,寸步难行,只能无言相对。在茫茫人世中,人们争名于朝、争利于市,哪里有闲心来关怀一棵古藤的生死呢?于是,它只有哭泣,哭泣……

世界上像我这样没有出息的人,大概是不多的。古藤的哭泣声恐怕只有我一个能听到。在浩茫无际的大千世界上,在林林总总的植物中,燕园的这一棵古藤,实在渺小得不能再渺小了。你倘若问一个燕园中人,绝不会有任何人注意到这一棵古藤的存在的,绝不会有任何人关心它的死亡的,绝不会有任何人为之伤心的。偏偏出了我这样一个人,偏偏让我住到这个地方,偏偏让我天天走这一条幽径,偏偏又发生了这样一个小小的悲剧;所有这一些偶然性都集中在一起,压到了我的身上。我自己的性格制造成的这一个十字架,只有我自己来背了。奈何,奈何!

但是,我愿意把这个十字架背下去,永远永远地背下去。

1992 年 9 月 13 日

去故国
——欧游散记之一

> 我总觉得,在无量的——无论在空间上或时间上——宇宙进程中,我们有这次生命,不是容易事;比电火还要快,一闪便会消逝到永恒的沉默里去。我们不要放过这短短的时间,我们要多看一些东西。

不知从什么时候起,就有一个到外国去,尤其是到德国去的希望埋在我的心里了。同朋友谈话的时候也时时流露出来。在外表看来似乎是很具体、很坚决的,其实却渺茫得很。我没有伟大的动机。冠冕堂皇的理由自然也不能没有。但仔细追究起来,却只有一个极单纯的要求:我总觉得,在无量的——无论在空间上或时间上——宇宙进程中,我们有这次生命,不是容易事;比电火还要快,一闪便会消逝到永恒的沉默里去。我们不要放过这短短的时间,我们要多看一些东西。就因了这点小小的愿望,我想到外国去。

但是,究竟怎样去呢?似乎从来不大想到。自己学的是文科,早就被一般人公认为无补于国计民生的落伍学科;想得到官费自然不可能。至于自费呢，家里虽然不能说是贫无立锥之地；但若把所有的财产减去欠别人的一部分，剩下的也就只够一趟的路费。想自己出钱到外国去自然又是一个过大的妄想了。这些都是实际上不能解决的问题，但从来没有给我苦恼，因为我根本不去想。我固执地相信，我终会有到外国去的一天。我把自己沉在美丽的涂有彩色的梦里。这梦有多么样的渺茫，恐怕只有我一个人知道了。

一直到去年夏天，当我的大学学程告一段落的时候，我才第一次想到究竟怎样到外国去。恐怕从我这个不切实际的只会做梦的脑筋里再也不会想出切合实际的办法：我想用自己的劳力去换得金钱，再把金钱储存起来到外国去。我没有详细计算每月存钱若干，若干年后才能如愿，便贸贸然回到故乡的一个城里去教书。第一个月过去了，钱没能剩下一个。第二个月又过去了，除了剩下许多账等第三个月来还之外，还剩下一颗疲劳的心。我立刻清醒了，头上仿佛浇上了一瓢冷水：照这样下去，等到头发全白了的时候，岂不也还是不能在柏林市上逍遥一下吗？然而书却终于继续教下去，只有把疲劳的心更增加了疲劳。

就在这时候，却有一个从天而降的机会落在我的头上。我只要出很少的一点钱就可以到德国去住上二年。亲眼看着自己用手去捉住一个梦，这种狂欢的心情是不能用任何语言文字描写得出的。我匆匆地从家里来到故都，又匆匆地回去。从虚无缥缈的幻想里一步跨到事实里，使我有点糊涂。我有时就会问起自己来：我居然也能到德国去了吗？然而，跟着来的却是在精神上极端痛苦的一段。平常我对事情，总有过多的顾虑，这我知道，比谁都清楚。但这次却不能不顾虑；我顾虑到到德国以后的生活，我顾虑到自己的家境。许多琐碎到不能再琐碎的小事纠缠着我，给我以大痛苦。

随处都可以遇到的不如意与不满足像淡烟似的散布在我的眼前。同时还有许多实际问题要我解决：我还要筹钱。平常从自己手里水似的流去的钱，我现在才知道它的可贵。从这里面也可以看出真正的人情和世态。经了许多次的碰壁，终于还是大千和洁民替我解了这个围。同时又接到故都里梅生的信，他也要替我张罗。在这个期间，我有几次都想放弃这个机会，因为这个机会带给我的快乐远不如带给我的痛苦多，但长之却从辽远的故都写信来劝我，带给我勇气和力量。我现在才知道友情的可贵；没有他们几位，说不定我现在又带了一颗疲劳的心开始吃粉笔末的生活了。这友情像一滴仙露，滴到我的焦灼的心上，使我又在心里开放了希望的花，使我又重新收拾起破碎的幻想，回到故都来。

在生命之路上，我现在总算走上一段新程了。几天来，从早晨到晚上，我时常一个人坐在一间低矮然而却明朗的屋里，注视着支离的树影在窗纱上慢慢地移动着，听树丛里曳长了的含有无量倦意的蝉声。我心里有时澄澈沉静得像古潭；有时却又搅乱得像暴风雨下的海面。我默默地筹划着应当做的事情。时时有幻影，柏林的幻影，浮动在我眼前：我仿佛看到宏伟古老的大教堂，圆圆的顶子在夕阳中闪着微光；宽广的街道，有车马在上面走着。我又仿佛看到大学堂的教室，头发皤白的老教授颤声讲着书。我仿佛连他的声音都能听得到；他那从眼镜边上射出来的眼光正落在我的头上。但当我发现自己仍然在这一间低矮而明朗的屋子里的时候，我的心飞到不知什么地方去了。

我虽然在过去走过许多路，但从降生一直到现在，自己足迹叠成的一条路，回望过去，是连绵不断的一线，除了在每一年的末尾，在心里印上一个浅痕，知道又走过一段路以外，自己很少画过明显的鸿沟，说以前走的是一段，以后是另一段的开端。然而现在，自己却真的在心里画了一条鸿沟，把以前二十四年走的路就截在鸿沟的那一岸；在这一岸又开始了一条新路，这条会把我带到渺茫的未来去。这样我便不能不回头去看一看，正如当一个人走路走到一个阶段的时候往往回头看一样。于是我想到几个月来不曾想到的几个人。我先想到母亲。母亲死去到现在整两年了。前年这时候，我回故乡去埋葬母亲。现在恐怕坟头秋草已萋萋了。我本来预备每年秋天，当树丛乍显出点微黄的时候，回到故乡母亲的坟上去看看。无论是在白雾笼罩墓头的清晨，归鸦驮了暮色进入簌簌响着的白杨树林的黄昏，我都到母亲墓前绕两周，低低地唤一声"母亲！"来补偿生前八年的长时间没见面的遗恨。然而去年的秋天，我刚从大学走入了社会，心情方面感到很大的压迫；更没有余闲回到故乡去。今年的秋天，又有这样一个机会落到我的头上。我不但不能回到故乡去，而且带了一颗饱受压迫的心，不能得到家庭的谅解，跑到几万里外的异邦去漂泊，一年，两年，谁又知道几年才能再回到这故国来呢？让母亲一个人凄清地躺在故乡的地下，忍受着寂寞的袭击，上面是萋萋的秋草。在白杨簌簌中、淡月朦胧里，我知道母亲会借了星星的微光到各处去找她的儿子；借了西风听取她儿子的消息。然而所找到的只是更深的凄清与寂寞，西风也只带给她迷离的梦。

我又想到母亲生前最关心的外祖母。当我七八岁还没有离开故乡的时候，整天住在她家里，她的慈祥的面貌永远印在我的记忆里。今年夏天见她的时候，她已龙钟得不像样子了。又正同别人闹着田地的纠纷，现在背恐怕更驼了吧？临分别的时候，她再三叮嘱我要常写信给她。然而现在当我要到那样远的地方去的时候，我却不能写信给她，我不忍使她流着老泪看自己晚年唯一的安慰者离开自己跑了。我只希望她能好好地活下去，当我漂泊归来的时候，跑到她怀里，把受到的委屈，都哭了出来。我为她祝福。

　　我终于要走了，沿了我自己在心里画下的一条鸿沟的这一岸的路走去。天知道我会走到什么地方去；这条路真的太渺茫，渺茫到使我吃惊。以前我曾羡慕过漂泊的生活，也曾有过到外国去的渴望。然而当希望成为事实的现在，我又渴慕平静的生活了。我看了在豆棚瓜架下闲话的野老，看了在一天工作疲劳之余在门前悠然吸烟的农人，都引起我极大的向往。我真不愿意离开这故国，这故国每一方土地、每一棵草木，都能给我温热的感觉。但我终究是要走的，沿了自己在心里画下的一条路走。我只希望，当我从异邦转回来的时候，我能看到一个一切都不变的故国，一切都不变的故乡，使我感觉不到我曾这样长的时间离开过它，正如从一个短短的午梦转来一样。

1935 年 8 月 13 日

表的喜剧
——欧游散记之一

> 当我想到两天来演的这一幕小小的喜剧，想到那位诚挚的老头用手搔着发亮的头皮的神气的时候，对了这大海似的柏林，我自己笑起来了。

自己是乡下人，没有见过多大的世面；乡下人的固执与畏怯还保留了一部分。初到柏林的时候，刚走出了车站，头里面便有点朦胧。脚下踏着的虽然是光滑的柏油路，但我却仿佛踏上了棉花。眼前飞动着汽车电车的影子，天空里交织着电线，大街小街错综交叉着：这一切织成了一幅有魔力的网，我便深深地陷在这网里。我惘然地跟着别人走，我简直像在一片茫无涯际的大海里摸索了。

在这样一片茫无涯际的大海里，我第一次感觉到表的需要，因为它能告诉我，什么时候应当去吃饭，什么时候应当去访人。说到表，我是一个十足的门外汉。在国内的时候，朋友中最少也是第三个表，或是第四个表的主人。然而对我，表却仍然是一个神秘的东西。虽然有时在等汽车的时候，因为等得不耐烦了，便沿着街向街旁的店铺里张望，希望能发现一只挂在墙上的钟，看看时间究竟到了没有。但张望的结果，却往往是，走了极远的路而碰不到一只钟。即便侥幸能碰到几只，然而每只所指的时间，最少也要相差半点钟。而且因为张望的态度太有点近于滑稽，往往引起铺子里伙计的注意，用怀疑的眼光看我几眼。当我从这怀疑的眼光的扫射下怀了一肚皮的疑虑逃回汽车站的时候，汽车已经开走了。一直到去年秋天，自己要按钟点挣面包的时候，才买了一只表。然而只走了三天，就停下来。到表铺一问，说是发条松，修理好了不久又停下来。又去问，说是针有毛病。修理到五六次的时候，计算起来，修理费已经超过了原价，但它却仍然僵卧在桌子上。我便下决心，花了相当大的一个数目另买了一只。果然能使我满意了。这表就每天随着我，一直随我坐上西伯利亚的火车。然而在斯托扑塞换车的时候，因为急着搬行李，竟把玻璃罩碰碎了。在当时惶遽仓促的心情下，并不觉得是一个多大的损失，就把它放在一个茶叶瓶里，又坐了火车。当我到了这茫无涯际的海似的柏林的时候，我才又觉到它的需要了。

  于是在到了的第三天，就由一位在柏林住过两年的朋友陪我出去修理。仍然有一幅充满了魔力的网笼罩着我的全身。我迷惘地随了他走。终于在康德街找到了一家表铺。说明了要换一个玻璃罩，表匠给了我一张纸条。我只看到上面有黑黑的几行字的影子，并没看清是什么字。因为我相信，上面最少也会有这表铺的名字和地址；只要有名字和地址，表就可以拿回去的。他答应我们第二天去拿。我们就跨出了铺门。

  第二天的下午，我不愿意再让别人陪我走无意义的路，我便自己出发去取表。但是一想到究竟要到什么地方去取呢，立刻有一团迷离错杂的交织着电线的长长的街的影子浮动在我的眼前。我拿出那张纸条来看,我才发现,上面只印着收到一只修理的表,铺子名字却没有,当然更没有地址。我迷惑了。但我却不能不找找看。我本能地沿着康德街的左面走去,因为我虽然忘记了地址,但我却模模糊糊地记得是在街的左面。我走上去,我把我的注意力集中到每个铺子的招牌上,每一个铺子的窗子里。我看过各种各样的招牌和窗子。我时时刻刻预备着接受这样一个奇迹:蓦地会有一个表字或一只表呈现到我的眼前。然而得到的却是失望。我仍然走上去,康德街为什么竟这样长呢?我一直走到街的尽端,只好折回来再看一遍。终于在一大堆招牌里我发现了一个表铺的招牌。因为铺面太小了,刚才竟漏了过去。我仿佛到了圣地似的快活,一步跨进去,但立刻觉得有点不对。昨天我们跨进那个表铺的时候,那位修理表的老头正伏在窗子前面工作。我们一进去,他仿佛吃惊似的把一把刀子掉在地上。他伏下身去拾刀子的时候,我发现他背后有一架放满了表的小玻璃橱。但今天那架橱子移到哪儿去了呢?还没等我把这疑虑扩散开来,主人出来了,也是一位老头。我只好把纸条交给他,他立刻就去找表。看了他的神气,想到刚才自己的怀疑,我笑了。但找了半天,表终于没找到。他用手搔着发亮的头皮,显出很焦急的样子。他告诉我,他的太太或者知道表放在什么地方。但她现在却不在家。让我第二天再去。他仿佛很抱歉的样子,拿过一支铅笔来,把他的地址写在那张纸条的后面。我只好跨出来,心里充满了疑惑和不安定,当我踏着暮色走回去的时候,对着这海似的柏林,我叹了一口气。

过了一个杂念缭绕的夜,我又在约定的时间走了去。因为昨天究竟有过那样的怀疑,所以走在路上的时候,我仍然注意每一个铺子的招牌和窗子里陈列的东西,希望能再发现一个表铺。不久,我的希望就实现了,是一个更要小的表铺。主人有点驼背。我把纸条递给他；问他，是不是他的。他说不是。我只好走出来，终于又走到昨天去过的那铺子。这次老头不在家，出来的是他的太太。我递给她纸条。她看到上面的字是她丈夫写的，立刻就去找表。她比老头还要焦急。她拉开每一个抽屉，每一个橱子；她把每一个纸包全打开了；她又开亮了电灯，把暗黑的角隅都照了一遍。然而表终于没找到。这时我的怀疑一点都没有了，我的心有点跳，我仿佛觉得我的表的的确确是送到这儿来的。我注视着老太婆，然而不说话。看了我的神气，老太婆似乎更焦急了。她的白发在电灯下闪着光，有点颤动。然而表却只是找不到，她又会有什么办法呢？最后，她只好对我说，她丈夫回来的时候问问看；她让我过午再去。我怀了更大的疑惑和不安定走了出来。

当天的过午，看看要近黄昏的时候，我又一个人走了去。一开门，里面黑沉沉的；我觉得四周立刻古庙似的静了起来；我能听到自己的心跳动的声音。等了好一会儿，才见两个影子从里面移动出来。开了灯，看到是我，老头有点显得惊惶，老太婆也显然露出不安定的神气。两个人又互相商议着找起来；把每一个可能的地方全找到了，但表却终于没找到。老头更用力地用手搔着发亮的头皮；老太婆的头发在灯影里也更颤动得厉害。最后老头终于忍不住问我了，是不是我自己送来的。这问题真使我没法回答。我的确是自己送来的，但送的地方不一定是这里。我昨天的怀疑立刻又活跃起来。我看不到那个放满了表的小玻璃橱，我总觉得这地方不大像我送表去的地方。我于是对他解释说，我到柏林还不到四天，街道弄不熟悉。我问他，那纸条是不是他发给我的。他听了，立刻恍然大悟似的噢了一声，没有说什么，很匆忙地从抽屉里拿出一叠纸条，同我给他的纸条比着给我看。两者显然有极大的区别：我给他的那张是白色的，然而他拿出的那一叠却是绿色的，而且还要大一倍。他说，这才是他的收条。我现在完全明白了我走错了铺子。因为自己一时的疏忽，竟让这诚挚的老人陪我演了两天的滑稽剧，我心里实在有点过意不去。我向他道歉，我把我脑筋里所有的在这情形下用得着的德文单字全搜寻出来，老人脸上浮起一片诚挚而会意的微笑，没说什么。然而老太婆却有点生气了，嘴里嘟噜着，拿了一块橡皮用力在我给她的那张纸条上擦，想把她丈夫写上的地址擦了去。我却不敢怨她，她是对的，白白替我担了两天心，现在出出气，也是极应当的事。临走的时候，老头又向我说，要我到西面不远的一家表铺去问问，并且把门牌写给我。按着号数找到了，我才知道，就是我之前去过的主人有点驼背的那个铺子。除了感激老头的热诚以外，我还能说什么呢？

我沿着康德街走上去，心里仿佛坠上了一块石头。天空里交织着电线，眼前是一条条错综交叉的大街小街，街旁的电灯都亮起来了，一盏盏沿着街引上去，极目处是半面让电灯照得晕红了起来的天空。我不知道柏林究竟有多大；我也不知道我现在在柏林的哪一部分。柏林是大海，我正在这大海里漂浮着，找一个比我自己还要渺小的表。我终于下意识地走到我那位在柏林住过两年朋友的家里去，把两天来找表的经过说给他听；他显出很怀疑的神气，立刻领我出来，到康德街西半的一个表铺里去。离我刚才去过的那个铺子最少有二里路。拿出了收条，立刻把表领出来。一拿到表，我心里有说不出的感觉，我仿佛亲手捉到一个奇迹。我又沿了康德街走回家去。当我想到两天来演的这一幕小小的喜剧，想到那位诚挚的老头用手搔着发亮的头皮的神气的时候，对了这大海似的柏林，我自己笑起来了。

1935 年 11 月 2 日于德国哥廷根

听诗

——欧游散记之一

> 我的心里充满了喜悦,仿佛正有一个幸福就在不远的前面等我亲手去捉。在灰暗的不断漏着雨丝的天空里也仿佛亮着幸福的星。

自己也不知道为什么,从很早的时候,就常有一幅影像在我眼前晃动:我仿佛看到一个垂老的诗人,在暗黄的灯影里,用颤动幽抑的声音,低低地念出自己心血凝成的诗篇。这颤声流到每个听者的耳朵里、心里,一直到灵魂的深深处,使他们着了魔似的静默着。这是一幅怎样动人的影像呢?然而,在国内,我却始终没有能把这幅影像真真地带到眼前来,转变成一幅更具体的情景。这影像也就一直是影像,陪我走过西伯利亚,来到哥廷根。谁又料到在这沙漠似的哥廷根,这影像竟连着两次转成具体的情景,我连着两次用自己的耳朵听到老诗人念诗。连我自己现在想起来,也像回忆一个充满了神奇的梦了。

当我最初看到有诗人来这里念诗的广告贴出来的时候,我的心喜欢得直跳。念诗的是老诗人宾丁（Rudolf G. Binding），又是一个能引起人们的幻想的名字。我立刻去买了票。我真想不到这古老的小城还会有这样的奇迹。离念诗还有十来天，我每天计算着日子的逝去。在这十来天中，一向平静又寂寞的生活竟也仿佛有了点活气，竟也渲染上了点色彩。虽然照旧每天一个人拖了一条影子，走过一段两旁有粗得惊人的老树的古城墙，到大学去；再拖了影子，经过这段城墙走回家来；然而心情却意外地觉得多了点什么了。

终于盼到念诗的日子。从早晨就下起雨来。在哥廷根，下雨并不是什么奇事。而且这里的雨还特别腻人。有时会连着下七八天。仿佛有谁把天钻了无数的小孔似的，就这样不急不慢永远是一股劲向下滴。抬头看灰暗的天空，心里便仿佛塞满了棉花似的窒息。今天的雨仍然同以前一样，然而我的心情却似乎有点不同了。我的心里充满了喜悦，仿佛正有一个幸福就在不远的前面等我亲手去捉。在灰暗的不断漏着雨丝的天空里也仿佛亮着幸福的星。

念诗的时间是在晚上。黄昏的时候，就有一位在这里已经住过七年以上的朋友来邀我。我们一同走出去。雨点滴在脸上，透心地凉，使我有深秋的感觉。在昏暗的灯光中，我们摸进女子中学的大礼堂。里面已经挤了上千的人，电灯照得明耀如白昼。这使我多少有点惊奇，又有点失望。我总以为念诗应该在一间小屋中，暗黄的灯影里，只有几个素心人散落地围坐着；应该是梦似的情景。然而眼前的情景却竟是这样子。但这并不能使我灰心，不久我就又恢复了以前的兴头，在散乱嘈杂的声影里期待着。

声音蓦地静下去，诗人已经走了进来。他已经似乎很老了，走路都有点摇晃。人们把他扶上讲台去，慢慢地坐在预备好的椅子上，两手交叉起来，

然而不说话。在短短的神秘的寂静中，我的心有点颤抖。接着说了几句引言，论到自由，论到创作。于是就开始念诗。最初的声音很低，微微有点颤动，然而却柔婉得像秋空的流云，像春水的细波，像一切说都说不出的东西。转了几转以后，渐渐地高起来了。每一行不平常的诗句里都仿佛加入了许多新东西，加入了无量更不平常的神秘的力量。仿佛有一颗充满了生命力的灵魂跳动在里面，连我自己的渺小的灵魂也仿佛随了那大灵魂的节律在跳动着。我眼前诗人的影子渐渐地大起来，大起来，一直大到任什么都看不到。于是只剩了诗人的微颤又高亢的声音不知从什么地方飘了来，宛如从天上飞下来的一道电光，从万丈悬崖上注下来的一线寒流，在我的四周舞动。我的眼前只是一片空濛，我什么东西都看不到了。四周的一切都仿佛化成了灰，化成了烟；连自己也仿佛化成了灰，化成了烟，随了那一股神秘的力量飞到不知什么地方去了。

　　不知多久以后，我的四周蓦地一静。我的心一动，才仿佛从一阵失神里转来一样，发现自己仍然坐在这里听诗。定了定神，向台上看了看，灯光照了诗人脸的一半，黑大的影投在后面的墙上。他的诗已经念完，正预备念小说。现在我眼前的幻影一点也不剩了。我抬头看了看全堂的听者，人人都瞪大了眼睛静默着。又看了看诗人，满脸的皱纹在一伸一缩地跳动着：我们很容易看出这位老人是怎样吃力地读着自己的作品。

　　小说终于读完了。人们又把这位老诗人扶下讲台。热烈的掌声把他送出去，但仍然不停，又把他拖回来，走到讲台的前面，向人们慢慢地鞠了一个躬，才又慢慢地踱出去。

　　礼堂里立刻起了一阵骚动：人们都想跟了诗人去请他在书上签字。我同朋友也挤了出去，挤到楼下来。屋里已经填满了人。我们于是就等，用最大的耐心等。终于轮到了自己。他签字很费力,手有点颤抖,签完了,抬眼看了看我,我才发现他的眼睛是异常地大的,而且充满了光辉。也许因为看到我是个外国人的缘故,嘴里喃喃地说了一句什么;但没等我说话,后面的人就挤上来把我挤出屋去,又一直把我挤出了大门。

外面雨还没停。一条条的雨丝在昏暗的路灯下闪着光。地上的积水也凌乱地闪着淡光。那一双大的充满了光辉的眼睛只是随了我的眼光转,无论我的眼光投到哪里去,那双眼睛便冉冉地浮现出来。在寂静的紧闭的窗子上,我会看到那一双眼睛;在远处的暗黑的天空里,我也会看到那双眼睛。就这样陪着我,一直陪我到家,又一直把我陪到梦里去。

这以后不久,又有了第二次听诗的机会。这次念诗的是卜龙克(Hans Friedriech Blunck)。他是学士院的主席,相当于英国的桂冠诗人。论理应当引起更大的幻想,但其实却不然。上次自己可以制造种种影像,再用幻想涂上颜色,因而给自己一点期望的快乐。但这次,既然有了上次的经验,又哪能再凭空去制造影像呢?但也就因了有上次的经验,知道了诗人的诗篇从诗人自己嘴里流出来的时候是有着怎样大的魔力,所以对日子的来临渴望得比上次又不知厉害多少倍了。

在渴望中,终于到了念诗的那天。又是阴沉的天色,随时都有落下雨来的可能。黄昏的时候,我去找那位朋友,走过那一段古老的城墙,一同到大学的大讲堂去。

人不像上次多。讲台的布置也同上次不一样。上次只是极单纯的一张桌子,一把椅子。这次桌子前却挂了国社党的红地黑字的旗子,而且桌子上还摆了两瓶乱七八糟的花。我感到深深的失望的悲哀。我早没有了那在一间小屋中暗黄的灯影里只有几个人听诗的幻影。连上次那样单纯朴质的意味也寻不到踪影了。

最先是一个毛手毛脚的年轻小伙子飞步上台,把右手一扬,开口便说话。嘴鼻子乱动,眼也骨碌骨碌地直转。看样子是想把眼光找一个地方放下,但看到台下有这样许多人看自己,急切又找不到地方放;于是嘴鼻子眼也动得更厉害。我忍不住直想笑出声来。但没等我笑出来,这小伙子,说过几句介绍词之后,早又毛手毛脚地跳下台来了。

接着上去的是卜龙克。他不知道什么时候已经来到这屋里,只从前排的一个位子上站起来就走上台去。他的貌像颇有点滑稽。头顶全秃光了,在灯下直闪光。嘴向右边歪,左嘴角上一个大疤。说话的时候,只有上唇的右半颤动,衬了因说话而引起的皱纹,形成一个奇异的景象。同宾丁一样,说了几句话之后,就开始念自己的诗。但立刻就给了我一个不好的印象。音调不但不柔婉,而且生涩得令人想也想不到,仿佛有谁勉强他来念似的,抱了一肚皮委屈,只好一顿一挫地念下去。我想到宾丁,在那老人的颤声里是有着多么大的魔力呢?但我终于忍耐着。念过几首之后,又念到他采了民间故事仿民歌作的歌。不知为什么诗人忽然兴奋起来,声音也高起来了。在单纯质朴的歌调中,仿佛有一股原始的力量在贯注着。我的心又不知不觉飞了出去,我又到了一个忘我的境界。当他念完了诗再念小说的时候,他似乎异常高兴,微笑从不曾离开过他的脸。听众不时发出哄堂的笑声,表示他们也都很兴奋。这笑声延长下去,一直到诗人念完了小说带了一脸的微笑走下讲台。

我们又随着人们挤出了大讲堂。外面是阴暗的夜。我们仍然走过那段古城墙。抬头看到那座中世纪留下来的古老的教堂的尖顶,高高地刺向灰暗的天空里去,像一个巨人的影子。同上次一样,诗人的面影又追了我来,就在我眼前不远的地方浮动。同时那位老诗人的有着那一双大而有光辉的眼睛的面影，也浮到眼前来。无论眼前看到的是一棵老树，是树后面一团模糊的山林，但这两个面影就会浮在前面。就这样，又一直把我送到家，又一直把我送到梦里去。

  到现在已经一个多月了，每在不经心的时候，一转眼，便有这样两个面影，一前一后地飘过去；这两位诗人的声音也便随着缭绕在耳旁；我的心立刻起一阵轻微的颤动。有人会以为这些纠缠不清的影子对我是一个大的累赘。然而正相反，我自己心里暗暗地庆幸着：从很早的时候就在眼前晃动的那幅影像终于在眼前证实了。自己就成了那影像里的一个听者，诗人的颤声就流到自己的耳朵里、心里、灵魂的深深处，而且还永远永远地埋起来。倘若真是一个梦的话，又有谁否认这不是一个充满了神奇的梦呢！

1936 年 2 月 26 日于德国哥廷根

在德国
——自己的花是让别人看的

> 在德国，每一家都是这样，在屋子里的时候，自己的花是让别人看的；走在街上的时候，自己又看别人的花。人人为我，我为人人。我觉得这一种境界是颇耐人寻味的。

爱美大概也算是人的天性吧。宇宙间美的东西很多，花在其中占重要的地位。爱花的民族也很多，德国在其中占重要的地位。

四五十年前我在德国留学的时候，我曾多次对德国人爱花之真切感到吃惊。家家户户都在养花。他们的花不像在中国那样，养在屋子里，他们是把花都栽种在临街窗户的外面。花朵都朝外开，在屋子里只能看到花的脊梁。我曾问过我的女房东：你这样养花是给别人看的吧！她莞尔一笑，说："正是这样！"

正是这样，也确实不错。走过任何一条街，抬头向上看，家家户户的窗子前都是花团锦簇、姹紫嫣红。许多窗子连接在一起，汇成了一个花的海洋，让我们看的人如入山阴道上，应接不暇。每一家都是这样，在屋子里的时候，自己的花是让别人看的；走在街上的时候，自己又看别人的花。人人为我，我为人人。我觉得这一种境界是颇耐人寻味的。

  今天我又到了德国，刚一下火车，迎接我们的主人问我："你离开德国这样久，有什么变化没有？"我说："变化是有的，但是美丽并没有改变。"我说"美丽"指的东西很多，其中也包含着美丽的花。我走在街上，抬头一看，又是家家户户的窗口上都堵满了鲜花。多么奇丽的景色！多么奇特的民族！我仿佛又回到了四五十年前，我做了一个花的梦，做了一个思乡的梦。

1985 年 8 月 27 日

西德 斯图加特 邮政旅馆

（原载《花卉报》1985 年 10 月 18 日）

此时晨曦未露,夜气犹存,微风不起,松涛无声。古寺中一片寂静。只有屋脊上狂窜乱跳的小松鼠跑来跑去,络绎不绝,令人感到宇宙还在活着,并未寂灭。我一个人独立中庭,享受了生平第一个恬谧甜蜜的早晨。

造·化·之·情

游石钟山记

> "楚江万顷庭阶下,庐阜诸峰几席间",难道不能算是宇宙奇迹?我于此时此地极目楚天,心旷神怡,仿佛能与天地共长久,与宇宙共呼吸。

幼时读苏东坡《石钟山记》,爱其文章奇诡,绘声绘色,大为钦佩,爱不释手,往复诵读,至今犹能背诵,只字不遗。但是,我从来也没有敢梦想,自己能够亲履其地。今天竟能于无意中来到这里,真正像做梦一般,用金圣叹的笔调来表达,就是"岂不快哉"!

石钟山海拔只有五十多米,摆在巍峨的庐山旁边,实在是小巫见大巫。但是,山上建筑却很有特点,在非常有限的地面上,"五步一楼,十步一阁,廊腰缦回,檐牙高啄,各抱地势,钩心斗角"。今天又修饰得金碧辉煌,美轮美奂。从山下向上爬,显得十分复杂。从怀苏亭起,步步高升,层楼重阁,小院回廊,花圃清池,佛殿明堂,绿树奇花,翠竹修篁,通幽曲径,花木禅房,处处逸致可掬,令人难忘。

这里的碑刻特别多，几乎所有的石头上都镌刻着大小不同、字体不同的字。苏轼、黄庭坚、郑板桥、彭玉麟等等，还有不知多少书法家或非名家都在这里留下手迹。名人的题咏更是多得惊人，从南北朝至清代，名人咏石钟山之诗多达七百多首。从陶渊明、谢灵运起直至孟浩然、李白、钱起、白居易、王安石、苏轼、黄庭坚、文天祥、朱元璋、刘基、王守仁、王渔洋、袁枚、蒋士铨、彭玉麟等等都有题咏。到了此地，回忆起将近两千年来的文人学士，在此流连忘返，流风余韵，真想发思古之幽情。

此地据鄱阳湖与长江的汇流处，乃历代兵家必争之地，在中国历史上几次激烈鏖兵。一晃眼，仿佛就能看到舳舻蔽天、烟尘匝地的情景。然而如今战火久熄，只余下山色湖光辉耀祖国大地了。

我站在临水的绝壁上，下临不测，碧波茫茫。抬眼能够看到赣、皖、鄂三个省份，云山迷蒙，一片锦绣山河。低头能够看到江湖汇流，扬子江之黄与鄱阳湖之绿，泾渭分明，界线清晰，并肩齐流，一泻无余，各自保持着自己的颜色，决不相混，长达数十里。"楚江万顷庭阶下，庐阜诸峰几席间"，难道不能算是宇宙奇迹？我于此时此地极目楚天，心旷神怡，仿佛能与天地共长久，与宇宙共呼吸。不由得心潮澎湃，浮想不已。我想到自己的祖国，想到自己的民族。我们的祖先在这里勤奋劳动，繁殖生息，如今创造了这样的锦绣山河万里。不管我们目前还有多少困难与问题，终究会一一解决，这一点我深信不疑。我真有点手舞足蹈，不知老之将至了。这一段经历我将永远记忆。

我游石钟山时，根本没想写什么东西。有东坡传流千古的名篇在，我是何人，敢在江边卖水，圣人门前卖字！但是在游览过程中，心情激动，不能自已，必欲一吐为快，就顺手写了这一篇东西。如果说还有什么遗憾的话,那就是我没有能在这里住上一夜,像苏东坡那样,在月明之际,亲乘一叶扁舟,到万丈绝壁下,亲眼看一看"如猛兽奇鬼,森然欲搏人"的大石,亲耳听一听"噌吰如钟鼓不绝"的声音。我就是抱着这种遗憾的心情,一步三回首,离开了石钟山。我嘴里低低地念着不知道是什么时候在我心中吟成的两句诗:"待到耄耋日,再来拜名山。"我看到石钟山的影子渐小渐淡,终于隐没在江湖混茫的雾气中。

1986年8月6日七十五周岁生日,
写于庐山九奇峰下

登庐山

苍松翠柏,层层叠叠,从山麓向上猛奔,气势磅礴,压山欲倒,整个宇宙仿佛沉浸在一片浓绿之中。原来这就是庐山啊!

苍松翠柏,层层叠叠,从山麓向上猛奔,气势磅礴,压山欲倒,整个宇宙仿佛沉浸在一片浓绿之中。原来这就是庐山啊!

汽车沿着盘山公路,在万绿丛中盘旋而上。我一边仿佛为这神奇的绿色所制服,一边嘴里哼着苏东坡那一首脍炙人口的诗:

横看成岭侧成峰,
远近高低各不同。
不识庐山真面目,
只缘身在此山中。

我很后悔,在年轻读小学的时候,学习马虎,对岭与峰的细微区别没有弄清楚。到了此时,悔之晚矣。无论横看,还是侧看,我都弄不明白苏东坡用意之所在。我只觉得,苏东坡没有搔着痒处,没有真正抓住庐山的神韵,没有抓住庐山的灵魂,空留下这一首传诵古今的名篇。

到了我们的住处以后,天色已经黄昏。窗外松涛澎湃,山风猎猎,鸟鸣在耳,蝉声响彻,九奇峰朦胧耸立,天上有一弯新月。我耳朵里听到的是松声,眼睛仿佛看到了绿色。我在庐山的第一夜,做了一个绿色的梦。

中国的名山胜境,我游得不多。五十年前,我在大学毕业后,改行当了高中的国文教员。虽然为人师表,却只有二十三岁。在学生眼中,我大概只能算是一个大孩子。有一个学生含笑对我说:"我比你还大五岁哩!老师!"这有什么办法呢?我当时童心未泯,颇好游玩。曾同几个同事登泰山,没费吹灰之力就登上了南天门。在一个鸡毛小店里住了一夜,第二天凌晨攀登玉皇顶,想看日出。适逢浮云蔽天,等看到太阳时,它已经升得老高了。我们从后山黑龙潭下山,一路饱览山色,颇有一点"一览众山小"的情趣。泰山给我留下了非常深刻的印象。从审美的角度上来评断,我想用两个字来概括泰山,这就是:雄伟。

六年以前,我游了黄山。从前山温泉向上攀,经过了许多名胜古迹,什么一线天、蓬莱三岛等,下午三时到了玉屏楼。回望天都峰鲫鱼背,如悬天半。在玉屏楼住了一夜,第二天再向北海前进。一路上又饱览了数不清的名胜古迹。在北海住了两夜,看到了著名的黄山云海和奇峰怪石。世之论者认为黄山以古松胜,以云海胜,以奇峰胜,以怪石胜。古人说:"五岳归来不看山,黄山归来不看岳。"这是非常有见地的话。从审美的角度来评断,我也想用这两个字来概括黄山,这就是:诡奇。

那一次陪我游黄山的是小泓，我们祖孙二人始终走在一起。他很善于记黄山那一些稀奇古怪的名胜的名字，我则老朽昏庸，转眼就忘，时时需要他的提醒和纠正。当时日子过得似乎平平常常，并没有觉得有什么奇妙之处，有什么值得怀念之处。但是，前几年我到安徽合肥去开会，又有游黄山的机会，我原本想再去黄山的。可是，我忽然怀念起小泓来，他已在千山万水浩渺大洋之外了。我顿时觉得，那一次游黄山，日子过得不细致，有点马马虎虎，颇有一点身在福中不知福的味道。如今回忆起来，情景历历如在眼前。哪怕是极小的生活细节，也无一不温馨可爱，到了今天，宛如一梦，那些情景永远永远都不会再回来了。我觉得，再游黄山，谁也替代不了小泓。经过了反复的考虑，我决意不再到黄山去了。

　　今天我来到了庐山，陪我来的是二泓。在离开北京的时候，我曾下定决心，在庐山，日子一定要仔仔细细地过，认真在意地过，把每一个细枝末节，每一分钟，每一秒钟，都要仔细玩味，决不能马马虎虎，免得再像游黄山那样，日后追悔不及。我也确实这样做了。正像小泓一样，二泓也是和我形影不离。几天以后，我们几乎游遍了整个庐山。茂林修竹、大陵深涧、岩洞石穴、飞瀑名泉。他扶着我，有时候简直是扛着我，到处游观。我觉得，这一次确实是仔仔细细地过日子了，一点也没有敢疏忽大意。对一草一木、一山一石，变幻莫测的白云，流动不息的飞瀑，我都全心全意地把整个灵魂放在上面。我只希望，到得庐山之游成为回忆时，我不再追悔。是否真正能做到这一步，我眼前还不敢夸下海口，只能等将来的事实来验证了。

　　庐山千姿百态，很难用一个字或几个字来概括。但是，总起来说，庐山给我的印象同泰山和黄山迥乎不同。在这里，不管是远山，还是近岭，无不长满了松柏。杉树更是特别郁郁葱葱，尖尖的树顶直刺云天。目光所到之处，总是绿、绿、绿，几乎看不到任何别的颜色，是一片浓绿的天地，一片浓绿的大洋。从审美的角度来看，我也想用两个字来概括庐山，这就是：秀润。

  我觉得，绿是庐山的精神，绿是庐山的灵魂，没有绿就没有庐山。绿是有层次的。有时候蓦地白云从谷中升起，把苍松翠柏都笼罩起来，笼罩得迷蒙一片，此时浓绿就转成了青色，更给人以秀润之感，可惜东坡翁当年没能抓住庐山这个特点，因而没有能认识庐山的真面目，成为千古憾事。我曾在含鄱口远眺时信口写一七绝：

    近浓远淡绿重重，
    峰横岭斜青蒙蒙。
    识得庐山真面目，
    只缘身在此山中。

  我自谓抓住了庐山的精神，抓住了庐山的灵魂。庐山有灵，不知以为然否？

1986 年 8 月 6 日于庐山

登黄山记

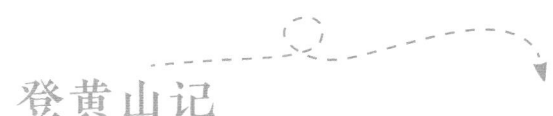

  同黄山比起来，泰山有其雄伟，而无其秀丽；石林有其幽峭，而无其雄健。黄山是大则气势磅礴，神笼宇宙；小则剔透玲珑，耐人寻味。如果拿美学名词来比附的话，我们就可以说，黄山既有阳刚之美，又有阴柔之美。

  早就听人说过："五岳归来不看山，黄山归来不看岳。"又经常遇到去过黄山的人讲述那里的奇景，还看到画家画的黄山，摄影家摄的黄山，黄山在我的心中就占了一个地位。我也曾根据那些绘画和摄影，再搀上点传闻，给自己描绘了一幅黄山图，挂在我的心头。我带着这样一幅黄山图曾周游国内，颇看了一些名山大川。五岳之尊的泰山，我曾凌绝顶、观日出。在国外，我也颇游览了一些国家，徜徉于日内瓦的莱蒙湖畔，攀登了雪线以上的阿尔卑斯山，尽管下面烈日炎炎，顶上却永远积雪皑皑。所有这一切都是永世难忘的。但是我心中的那一幅黄山图，尽管随着游览的深广而多少有所修正，但毕竟还是非常美的，非常迷人的。

  今天我就带着我心中的那一幅黄山图，到真正的黄山来了。

  汽车从泾县驶出，直奔黄山。一路上，汽车蜿蜒绕行于万山丛中，我的幻想也跟着蜿蜒起来,眼前是千山万岭,绵延不绝;但是山峰的形象从远处看上去都差不多,远处出现了一个耸入晴空的高峰,"那就是黄山了吧!"我心里想。但是一转眼,另一个更高的山峰呈现在我的眼前,我只好打消了刚才的想法。如此周而复始,不知循环了多少遍。还有一个问题一直萦回在我的脑际:在这千山万岭中,是谁首先发现黄山这个天造地设的人间仙境呢?是否还有另一个更美的什么山没有被发现呢?我的幻想一下子又扯到徐霞客身上。今天我们乘坐汽车来到这里,还感到有些疲惫不堪。当年徐霞客是怎样来的呢?他只能自己背着行李,至多雇上个农民替他背着,自己手执藤杖,风餐露宿,踽踽独行于崇山峻岭中,夜里靠松明引路,在虎狼的嗥叫声中,慢慢地爬上去。对比起来。我们今天确实是幸福多了。

就这样,汽车一边飞快地行驶,我一边飞快地幻想。我心里思潮腾涌,绵绵不断,就像那车窗外的绵延的万山一样。

汽车终于来到了黄山大门外。

一走进黄山大门,天都峰就像一团无限巨大的黑色云层,黑乎乎的像泰山压顶一般对着我的头顶压了下来,好像就要倒在我的头上。我一愣:这哪里是我心中的那个黄山呢?然而这毕竟是真实的黄山。我几十年蕴藏在心中的那一幅黄山图一下子烟消云散了,我心中怅然若有所失。但是我并不惋惜,应该消逝的让它消逝吧!我现在已经来到了真实的黄山。

从此以后,真实的黄山就像一幅古代的画卷一样,一幅一幅地、慢慢地展现在我的眼前。

出宾馆右行,经疗养院右转进山。山势一下子就陡了起来。我曾经听别人说过,从什么地方到什么地方是多少多少华里;在导游书上,我也看到了这样的记载,我原以为几华里、几华里都是在平面上的,因此我对黄山就有了一些不正确的理解。现在，接触了实际，才知道这基本上是按立体计算的。在这里走上一华里，同平地上不大一样，费的劲儿要大得多。就是向上走上一尺，也要费上一点力气。没有别的办法，只好喘气流汗了。我低头看着脚下的台阶，右手使劲地拄着竹杖，一步一步向上爬行。我眼睛里看到的只是台阶、台阶、台阶。有时候，我心里还数着台阶的数目。爬呀，数呀，数呀，爬呀，以为已经很高了。但是抬眼一看，更高、更陡、更多的台阶还在前面哩。想当年登泰山的时候，那里还有一个"快活三里"。这里却连一个快活三步都没有。但是，既来之，则安之，爬就是一切。

我到黄山来，当然并不是专为来走路的。我还是要看一看的。但是，在黄山，想看也并不容易。有经验的人说："走路不看山，看山不走路。"这确实是至理名言。这有点像鱼与熊掌的关系，不可得而兼之。谁要想"兼之"，那就有失足坠下万丈深涧的危险。我只在爬到了一定的阶段时，才停下脚步，小心地抬头向身后和左右看上一看，但见峭壁千仞，高岭入云，幽篁参天，苍松夹道，鸟鸣相和，蝉声四起。而且每看一次，眼前的情景都不一样，扑朔迷离，变幻万端。就连同一个地方，从不同的角度看，都能看出不同的形象。从慈光阁看朱砂峰，看到天都峰上的金鸡叫天门。但是登上龙蟠坡，再抬头一看，金鸡叫天门就变成了五老上天都，在什么地方才能看到黄山真面目呢？我想，在什么地方也是看不到的。我很想改一改苏东坡的诗："横看成岭侧成峰，远近高低各不同，不识黄山真面目，即使身在此山中。"

我有时候也有新的发现，我简直觉得其中闪现着"天才的火花"，解人难得，我只有自己拍手（这里没有案）叫绝。比如，我看远山上的竹石树木，最初只觉得一片蓊郁。但细看却又有明暗之别。有的浓绿，有的淡绿。经过我再三研究揣摩，我才发现，明的是竹，暗的是松，所谓"苍松翠竹"，大概指的就是这个意思吧。我又想改陆游的两句诗:"山重水复疑无路,松暗竹明又一山。"

一想到陆游,我又想到了徐霞客。我们且看看他们登上慈光寺以后是怎样看黄山的:"由此而入。绝巘危崖,尽皆怪松悬结,高者不盈丈,低仅数寸,平顶短鬣,盘根虬干,愈短愈老,愈小愈奇。不意奇山中又有此奇品也。"他看到了奇山,又看到了奇松。他看到的山同我们今天看到的几乎完全一样,这毫无可怪之处。但是他看到的松,有多少是我们今天还能看到的呢?"愈短愈老,愈小愈奇",难道在这几百年的漫长时间内,它们就一点也没有长吗?就是起徐霞客于地下,我这样的问题恐怕也无法回答了。

我就是这样一边爬,一边看,一边改着古人的诗,一边想到徐霞客,手、脚、眼、耳、心,无不在紧张地活动着,好不容易才爬到了天都峰脚下。这是一个关键的地方。向右一拐,走不多远,就可以登上台阶,向着天都峰爬上去。天都峰是黄山的主峰。不到天都非好汉,何况那天险鲫鱼背我已经久仰大名,现在站在天都峰下,一抬头就可以看到,上面有蚂蚁似的人影在晃动,真是有说不出的诱惑力啊!但是一看到那一条直上直下的登山盘道,像一根白而粗的线绳一样悬在那里,要爬上去还真需要有一把子力气呢。我知道,倘若给我半天的时间,登上去也是没问题的。可惜现在早已经过了中午,到我们今天住宿的地方玉屏楼还有一段路要走。我再三斟酌,只好丢掉登天都峰的念头,这好汉看来当不成了。我一步三回头地向左一拐,拾级而上,一直爬到了一线天的门口。这时我们坐了下来,背对一线天口,脸朝前望,可以看到近在咫尺的蓬莱三岛。所谓蓬莱三岛只是三个石笋似的小山峰,上面长着几棵松树。下面是一片深不见底的山谷。据说,白云弥漫时,衬着下面的云海,它们确确实实像蓬莱三岛。但现在却是赤日当空,万里无云,我只能用想象力来弥补天公的不作美了。

一线天真正是名副其实。在两个峭壁中,只存一条缝隙,仅容人体,抬眼一看，只见高处露出一线光明，上面是蓝蓝的天。这一团光明就召唤着我们，奋勇前进，我们也就真的一个个精神抖擞，鼓足了余勇，爬了上去。低头从我们两条腿中间向后看去，还可以看到悬挂在天都峰上的那一条白练似的蹬道。

过了一线天，再向右一拐就走上了玉屏楼，这里是从温泉到北海去的必由之路。一般人都是在这里过夜的。徐霞客时代，这里叫玉屏风，他在《游记》里写道："四顾奇峰错列，众壑纵横，真黄山绝胜处。"可见徐霞客对此处评价之高。原来这里有一座庙，叫作文殊院，古人曾说过："不到文殊院，没见黄山面。"这同徐霞客的意见是一致的。

这里有什么特点呢？这里是万山丛中一块比较平坦的地方，好像天造地设，就是一个理想的中途休息的地方。一转过山脚，就能看到峭壁上长着一棵松树。提起此松，真是大大的有名。全中国人民和全世界人民大概都经常能看到它的形象。挂在人民大会堂里的那一幅叫作"迎客松"的照片，拍摄的就是它。这棵松树的大名就叫作"迎客松"。许多来访的外国领导人，以及名人、学者会见中国领导人时，就在那个照片下面照相。你看它伸出双臂，其实是不知道多少臂，仿佛想同来游的人握手、拥抱，它那青翠的枝头仿佛能说出欢迎的语言，它仿佛就是黄山好客的象征，不，它实际上成了中国人民好客的象征。你若问它的高寿，那就很难说。它干并不粗，也不特别高，看样子它至多也不过几十年至百年，然而据人说，它挺立在这里已经有一千多年的历史了。这里山高风劲，夏有酷暑，冬有寒冰，然而它却至今巍然屹立，俊秀挺拔，苍翠欲滴，枝头笼烟，仿佛正当妙龄青春。我在这里祝它长寿！

至于玉屏楼本身，可看的东西并不多。只是因为此地处万山之中，抬眼四顾，前有大谷深壑，下临无地。上面有参天云峰，耸然并立。同前一段的地无三尺平的情况比较起来，当然显得空阔辽廓，快人心目。当白云弥漫时，云海苍茫，必然另有一番景色。可惜我们没有这个福气,只看到了一片干涸了的大海。在玉屏楼的右边,就是那一棵在名声上稍逊一筹的送客松。它也像迎客松一样,伸出了它那许多胳臂,好像向游客告别,祝他们身强体健,过一些时候再来黄山。我也祝它长寿!

  我们就是在住宿一夜之后,怀着还要再回来的心情走过这一棵松树向黄山深处前进的。一走过送客松,山路就好像一反昨天上山时的规律,陡然下降。下降,下降,再下降,一直降到涧底。这一段路走起来非常舒服,似乎还要超过泰山的"快活三里"。我们虽低头走路,仍可以抬头望山。走过望客松、蒲团松,右边可以看到指路石,回头则见牛鼻峰上的犀牛望月。下到深涧涧底以后,一泓清泉,就在道旁,清澈见底,冷冽可饮。拿作文章来比,我们走这一段山路,好像是在作"承"的那一段,"起"得突兀,"承"得和缓,我们过了一段舒服的时光。

  但是,再拿作文章来比"承"过以后,就来了"转",这一"转",可真不得了。到了涧底,抬眼一看,前面是八百级的莲花沟。这八百级仿佛是直上直下,令人看了真有点发憷。实际上,往上攀登的时候,比在下面仰望时更令人感到可怕。我们面前好像只有这一条窄窄的石阶,只能向上,不能回转,"马行在夹道内,难以回马",不管流多少汗,喘多少气,到此也只有奋勇攀登,再没有回旋的余地了。

  皇天不负有心人。爬上了八百石阶,一转就到了莲花峰脚下,这一座莲花峰也是黄山主峰之一。从它的脚下上山好像比从天都峰脚下攀登天都峰要容易得多,只需往右一转,爬上几个台阶就可以达到峰顶。然而,正唯其觉得容易,也就失掉了吸引力。同时,我们今天的目标是到北海,于是我只在莲花峰下少坐片刻。抬头看到不远的峰顶上游人多如过江之鲫,然后左转走上前去。要说到黄山的险境,仿佛现在才算是开始。身右峭壁凌空,左边却是悬崖无地。山路是整修过的,在最危险的地方加了石头栏杆或铁链。但栏外就是危险境地,好像泰山上的阴阳界一样。走在这样的地方,连昨天奉行的"看山不走路,走路不看山"的箴言都无法奉行，只有一心一意埋头苦走而已。这里就是鼎鼎大名的百步云梯，真可以说是名不虚传。但是，大自然最憎恨的是单调，它绝不会让百步云梯成为千步云梯、万步云梯。过了百步云梯，又是一段比较平直的山路。此时我仿佛已经过了险关，大有闲情逸致，观赏山景。蓦地抬头，在远处的山崖上，忽然看到"万绿丛中一点红"。此时正是盛夏，早过了春暖花开的时节。这一点红是哪里来的呢？我无法攀上悬崖去看，无从探索与研究。我只有沉入幻想中，幻想暮春四五月间，黄山漫山遍野开满了杜鹃花的情况。我眼前的黄山一下子变了样，"日出山花红似火"，红色的火焰仿佛燃遍了全山，直凌太空，形成了一幅红透宇宙的奇景。

就这样，一路幻想下去。平路走尽，又上山路，穿过鳌鱼洞，就到了天海。这一段路更平了，仿佛已经离开黄山，到了平地上。一路树木蓊郁，翠竹夹道，两旁蝉声啼不住，轻身已到北海边。

北海真是个好地方。人们已经看过了天都峰和莲花峰奇景险境，久已身履，大概总会觉得黄山胜境已经探过，到了北海已经成为尾声了。

然而实则不然。

我先讲一个口头传说。距北海不远有一个山峰，叫作始信峰。什么叫始信峰呢？这里熟于掌故的人说，就是"开始相信"，意思就是，到了这里才开始相信黄山之美。不管这个解释是否正确，是否就是原意，我确确实实是相信的。我到了北海以后，才知道，北海绝不是黄山之游的尾声而是高峰，是顶端。上文曾引过一句古语："不到文殊院，没见黄山面。"我想改一改："走不到北海，黄山没有来。"再拿写文章作比，如果过了玉屏楼算是"转"，那么到了北海就算是"合"。一篇精巧的文章写到这里，才算是达到精妙的顶点，黄山乃山中之奇山，北海是众奇并备，万巧同臻。游黄山到此，真可以说是叹为观止矣。

然而究竟"合"出一些什么东西来呢?

三言两语是说不完的。以北海为中心,三五华里的半径内,景色万千,名目繁多。大则崇山峻岭,小至一石一树,无不奇绝人寰。从宾馆右转,走不多远,在深山绝谷的边缘上,出现了散花精舍,前面不远就是梦笔生花、笔架峰、骆驼石、上升峰和老翁钓鱼,再往前走就是始信峰。登上始信峰顶,下临无地,隔着深涧远处可见仙女峰、石笋矼,石笋壁立千仞,真仿佛天上有一个顶天立地的金刚巨无霸从上面把石笋栽在那里,成为宇宙奇观。我们只是从远处看石笋矼的,徐霞客是亲身到过。他在《游记》里写道:"趋石笋矼,至向年所登尖峰上,倚松而坐,瞰坞中峰石回攒,藻绘满眼,如觉匡庐、石门,或具一体,或缺一面,不若此之宏博富丽也。"

"宏博富丽"当然还不仅限于石笋矼。北海附近这一些名胜,无不"宏博富丽""藻绘满眼"。比如清凉台、曙光亭,都各有奇妙之处。出宾馆左折西行,可以到西海。沿路青松参天,翠竹匝地,有很多有名的奇景。走到尽头,同别的地方一样,眼前又是峭壁千仞,深涧万寻。从这里排云亭上,可以看到丹霞峰、松林峰、石床峰,各刺青天,令人神往。据说这地方是看落照的好地方,可惜我们来的时候,不是黄昏,我们只有怅望西天,幻想一番日落西山、红霞满天的情景而已。

是不是北海就只"合"出了这样一些东西来呢?

也还不是的。黄山所谓四大奇景:奇松、怪石、云海、温泉。温泉一进山就可以看到,上面已经说到,这里不再提了。其他三奇,除了云海以外,一进山也都陆续可以看到。从慈光阁开始,只要你注意,奇松、怪石,到处可见。简直是让你一步一吃惊、一步一感叹。到了北海算是达到了顶峰,所谓集大成者就是。

那么,人们也许要问,奇松奇在什么地方呢?这个问题问得好,我初次听说奇松时,心里也泛起过这个问题。我游遍了黄山,到了北海,要想答复这问题，也还感到非常困难，简直可以说是回答不出。我常常想，世间一切松树无不是奇的，奇就奇在它同其他一切树都不一样。其他树木的枝子一般都是往上长的，但是松树的枝干却偏平行着长或者甚至往下长，其他树木从远处看上去都能给人一个轮廓，虽然茂密，但却杂乱；然而松树给人的轮廓却是挺拔、秀丽，如飞龙、如翔凤，秩序井然，线条分明。松柏是常常并称的。如果它们站在一起，人们从远处看，立刻就能够分清哪是松、哪是柏。总之一句话，我们脑中一切关于树的规律，松树无不违反。此之所谓奇也。

但是，黄山上的松树比其他地方更奇，是奇中之奇。你只要看一看黄山上有名字的名松。你就可以知道：蒲团松、连理松、扇子松、黑虎松、团结松、迎客松、送客松、飞虎松、双龙松、龙爪松、接引松，此外还不知道有多少松。连那些不知名的大松、小松、古松、新松，长在悬崖上的松，长在峭壁上的松，长在任何人都不能想象的地方的松，千姿百态，石破天惊，更是违反了一切树木生长的规律。别的地方的松树长上一千多年，恐怕早已老态龙钟了，在这里却偏偏俊秀如少女，枝干也并不很粗。在别的地方，松树只能生长在土中，在这里却偏偏生长在光溜溜的石头上；在别的地方，松树的根总是要埋在土里的，在这里却偏偏就把大根、小根、粗根、细根，一股脑地、毫不隐瞒地、赤裸裸地摆在石头上，让你看了以后，心里不禁替它担起忧来。黄山松奇就奇在这里。看松而看到黄山松，真可以说是达到顶峰了。

谈到怪石，也真是够怪的。那么这些石头怪又怪在何处呢？在别的名山胜地中，也有一些有名有姓的山峰，也有一些有名有姓的石头。但是在黄山，这种山峰和石头却多得出奇。虎头岩、郑公钓鱼台、莺谷石、碰头石、鲫鱼背、羊子过江、仙人飘海、仙桃石、蓬莱三岛、鹦哥石、飞鱼石、采莲船、孔雀戏莲花、象石、金龟望月、仙鼠跳天都、仙人下轿、仙人把洞门、姜太公钓鱼、犀牛望月、指路石、金龟探海、老僧入定、老僧观海、仙人绣花、鳌鱼吃螺蛳、容成朝轩辕、鳌鱼驮金鱼、仙人下棋、仙人背包、飞来钟、老翁钓鱼、梦笔生花、猪八戒吃西瓜、书箱峰、达摩面壁、仙人晒靴、老虎驮羊、天鹅孵蛋、关公挡曹、仙人铺路、太白醉酒、五老荡船、天狗望月、双猫捕鼠、苏武牧羊、老僧采药、仙人指路、喜鹊登梅、猴子捧桃……名目确实够繁多的了。名目之所以这样繁多,决定因素就是这里石头长得怪。如果不怪的话,就绝不会有这样多的名目。你以为这些五花八门的名目已经把黄山的怪石都数尽了吗?不,还差得很远。如果你有时间静坐在黄山的某一个地方,面对眼前的奇峰怪石,让自己的幻想展翅驰骋,你还可以想出一大批新鲜动人的名目。比如我们几个人在西海排云亭附近面对深涧对面的山,我看出了一座"国际饭店"。这个名字一提出,你就越看越像,像得不能再像了,我们都为这个天才的发现而狂欢。假我以时日,我们可以巧立名目,为黄山创立一大批新鲜、别致,不但神似而且形似的名目,再为黄山增添光彩。

在怪石中最怪的,当然要数飞来石。顾名思义,人们认为这块大石头是从天外飞来的。我们从玉屏楼到北海的路上、快到北海的时候,已经从远处看到了它。它是在一座小山峰的顶上,孑然耸立在那里。上粗下细,同山峰接触的地方只是一个点,在山风中好像是摇摇欲坠,让人不禁替它捏一把汗,后来我们从北海到西海,在回去的路上爬了上去,一直爬到峰顶上,同黄山别的山头一样,小小的一个峰顶,下临万丈深涧。看到飞来石,我们都大吃一惊;原来同峰顶连接的地方有一条缝。这样一块巨石,上粗下细,又不固定在峰顶上,怎能巍然屹立在那里,而且还不知已经屹立了多少年呢?在这漫长的时间内,谁知道它已经经历了多少狂风暴雨、山崩地震呢?而它到今天仍然是岿然不动。简直违反了物理的定律。我们没有别的话可说,只能说它是奇中之奇了。

至于黄山的云海,更是我闻所未闻、见所未见。一座大山竟然命名北海、西海、天海、前海、后海，这样许多海，初听时难道不真是让人不解吗？原来这些海都是云海。我从小读王维的诗："行到水穷处，坐看云起时。"觉得这个境界真是奇妙，心向往之久矣。可是活了六十多岁，也从来没能看到云起究竟是什么样子。一天，我们正在北海的一个山头上，猛回头，看到隔山的深涧忽然冒起白色的浓烟。我直觉地认为这是炊烟。但是继而一想，炊烟哪能有这样的势头呢？我才恍然：这就是云起。升起来的云彩，初时还成丝成缕，慢慢地转成一片一团，颜色由淡白转浓。最初群山的影子还隐约可见，转瞬就成了一片云海，所有的山影都被遮住，云气翻滚，宛若海涛。然而又一转瞬，被隐藏起来的山峰的影子又逐渐清晰，终于又由浓转淡，直到山峰露出了真面目，云气全消，依然青山滴翠，红日皓皓。所有这一切都发生在几分钟之内。这算不算是云海呢？旁边有人说："还不能算是。真正的云海。那要大雨之后。"我只好相信他的话。但是，"慰情聊胜无"，不是比没有看到这种近似云海的景象要好得多吗？

除了上面谈的四大奇景之外，我还有一点意外的收获，那就是我在黄山看了日出。日出并没有列入黄山四奇之内，但仍然可以说是一奇。北海的曙光亭，顾名思义，就是看日出的最好的地方。几十年前，当我还年轻的时候，我曾登泰山看日出，在薄暗中鹄候在玉皇顶上，结果除了看到一团红红的云彩之外，什么也没有看到。我只有暗自背诵姚鼐的《登泰山记》，聊以自慰：

及既上，苍山负雪，明烛天南。望晚日照城郭，汶水、徂徕如画，而半山居雾若带然。戊申晦五鼓，与子颖坐日观亭待日出。时大风扬积雪击面。亭东自足下皆云漫。稍见云中白若樗蒲数十立者，山也。极天云一线异色，须臾成五采，日上，正赤如丹，下有红光，动摇承之。或曰：此东海也。

这一次来到黄山北海。早晨天还没有亮,就有人跑着、吵着去看日出。我一轱辘爬起来,在凌晨的薄暗中摸索着爬上曙光亭,那里已经是黑压压的一团人。我挤在后面,同大家一样向着东方翘首仰望。天是晴的,但在东方的日出处,却有一线烟云。最初只显得比别处稍亮一点而已。须臾,彩云渐红,朝日露出了月牙似的一点;一转眼间,它就涌了出来,顶端是深紫色,中间一段深红,下端一大段深黄。然而立刻就霞光万道,白云为霞光所照,成了金色,宛如万朵金莲飘悬空中。

就这样,黄山的三奇:奇松、怪石、云海,还加上一个奇:日出,我在黄山,特别是在北海,都领略过了,再拿作文章来打个比方,起、承、转、合,这几个大股都已作完,文章应该结束了。

然而不然,从我的感情和印象说起来,合还没有合完,文章也就不能结束。从我的激情来看,这仿佛刚才达到高潮,文章更不能就此结束了。我们原来并不想在北海住这样久,但是越住越想住,越住越不想走。三天之内,我们天天出去,天天有新的发现。大有流连忘返之意。我们最后怀着惜别的心情,离开了北海的时候,我的内心如潮涌、如云起,一步三回头。我们绕过黑虎松走上后山的道路,向着云谷寺的方向走去。一路之上,流水潺潺,山风习习,蝉声相送,鸟鸣应合,苍松翠竹,映带左右。我们又像走到山阴道上,应接不暇了。但是我们走到幽篁中,闻鸟声却不见鸟。我们笑着开玩笑说,这是留客鸟,它们也惋惜我们即将离去,大有依依不舍之意呢。

此时周围清幽阒静,好像宇宙间只有我们几个人似的。但是我的内心里却又像来黄山的路上那样如波涛汹涌,遐想联翩,我想到过去游览过国内外的名山大川。我一时想到泰山,一时又想到石林。这都是天下奇秀,有口皆碑。但是我觉得,同黄山比起来,泰山有其雄伟,而无其秀丽;石林有其幽峭,而无其雄健。黄山是大则气势磅礴，神笼宇宙；小则剔透玲珑，耐人寻味。如果拿美学名词来比附的话，我们就可以说，黄山既有阳刚之美，又有阴柔之美。可谓刚柔兼、二难并，求诸天下名山，可谓超超玄箸了。

我一下子又想到中国的山水画。远山一般都只用淡墨渲染，近山则用各种的皴法。对远山的那种处理，只要在有山的地方，看到过远山的人，都会同意的，都会知道那实际上是把自然景物，再加上点画家个人的幻想与创造，搬到了纸上来的。这不同于自然主义，这是形似而又神似。但是对近山的那些不同的皴法，则生长在北方高山不多的地方的人，有时就不大容易理解，认为这不过是画家的传统手法，没有多大意思的。特别是对大涤子这样的画家，更不容易理解。今天我到了黄山，据说大涤子在这里住过，积年疑团，顿时冰释，我站在任何一个悬崖峭壁的下面，抬头仰望，注意凝视，观之既久，俨然是一幅大涤子的山水画出现在自己的眼前，我也俨然成了画中人了。但见这一幅画，笔墨恣纵，元气淋漓，皴法新颖，巨细无遗。倘若我们请天上匠作大神，来到人间，盖上一座万丈高的大厦，把这一幅大画挂在里面，不知会产生什么效果，恐怕观赏的人都会目瞪口呆、惊愕万状吧！此时，只在此时，我才真正理解中国古代山水画家，其中也包括像大涤子这样有天才、有独创性、能独辟蹊径、开一代风气的画家，都是在仔细观察自然山色、简练揣摩、融会贯通之后，然后才下笔的。他们绝不是专门抄袭古人，拾古人牙慧的。

我一下子又想到，天下名山多矣，中外皆然。但是像黄山这样的名山，却真如凤毛麟角。为什么中国竟会有黄山这样的山呢？这个问题似乎非常幼稚，实际上却是发自我内心深处的一个问题。我并不觉得它有什么幼稚、可笑。古人会说，这是灵气所钟。什么又是灵气呢？灵气这东西摸不着、看不到，实在是玄妙得很。但是依我看，它又确实是存在着的。我们一到黄山，第一天晚上坐在宾馆外深涧岸边，细听涧中水声，无意中捉到了一个萤火虫，发现它比别的地方的都大而肥壮。后来我们又发现这里的知了也比别的地方的大而肥壮，就连苍蝇也和别的地方不同，大得、壮得惊人，而在海拔近两千尺的天都峰顶，天风猎猎，人站在那里都摇摇欲坠，然而却能见到苍蝇，而且都有点气魄，飞驶迅速，呼啸而过。这实在使我吃惊不小，不用灵气所钟，又怎样解释呢？世界各国都有它们灵气所钟的地方，对于这些地方，只要我能走到、看到，我都喜爱、欣赏。一视同仁，绝不会有任何偏心。但是，有黄山这样灵气所钟的地方，我作为一个中国人感到无比地骄傲与幸福。我因此热爱我们这一块土地，我更热爱我们这一个国家。我们也并不想把黄山秘而不宣，独自享受。"但愿人长久，千里共婵娟"，我也但愿世界永存，黄山永存，永远以它那无比美妙的山色，为我们提供无比美妙的怡悦。

我一下子又想到，古人说，人生要读万卷书，行万里路。又说太史公司马迁周览名山大川，故其文疏宕有奇气。还有人说，唐代大书法家张旭观公孙大娘舞剑器，因而书法大进；我现在游览了黄山，将来会产生什么样的影响呢？我一非文豪，二非书法家，这影响究竟要产生在什么地方呢？不管怎样，影响终归会有的，我且拭目以待。

我就是这样一边走，一边想，一边还欣赏四周奇丽景色，不知不觉地就回到了温泉。等到我从北海返回温泉的时候，我仿佛成了一个爱丽丝，我漫游了一个奇而又奇的奇境。过去一周的游踪，历历呈现在我心中。我的黄山梦于今实现了。但我并不满足于实现了梦境，而是梦得更加厉害起来。我仿佛还并没有到过真正的黄山，不，黄山对我来说比原来还要陌生，还要奇妙。我直觉地感到，真正的黄山我还没有看到。我从北海归来，只看了黄山的皮毛。黄山的名胜真如五光十色、扑朔迷离，在那"万壑树参天，千山响杜鹃"中似乎还隐藏着什么秘密，有待于我、有待于其他人去发现，去欣赏，去惊叹。古时候有一首关于黄山的诗:"踏遍峨嵋与九嶷,无兹殊胜幻迷离。任他五岳归来客,一见天都也叫奇。"

我还没有历游五岳,也还没有到过峨嵋与九嶷。我对黄山、对天都叫奇,完全是很自然的。我相信,即使我有朝一日真的遍游五岳、登峨嵋、探九嶷,我再到黄山来仍然会叫奇不绝的。

我来的时候,心里带来了一个假的黄山图,它一遇到真黄山就破碎消失了。我现在离开的时候,带走了一幅真正的黄山图。虽然我还不能相信,这一幅图就是黄山的真相,但是这幅黄山图将永远留在我的心中。经过了一段时间酝酿思忖,我现在写出了我心目中的黄山。但写的过程中,我时时怀疑我这一枝拙笔会玷污了黄山。古人诗说:"美人意态画不出,当时枉杀毛延寿。"我现在真觉得,"黄山意态写不出,枉费不眠数夜间"。《世说新语·任诞第二十三》说:"桓子野每闻清歌,辄唤:'奈何!'谢公闻之曰:'子野可谓一往有深情。'"

这里指的是,桓子野每闻清歌,辄情动乎中。我现在面对着黄山,心中有一美妙的黄山,笔下的黄山却并不那么美妙,我也只能学一学桓子野,徒唤奈何。

1979年12月9日写毕

大觉寺

> 两棵树一白一紫,相映成趣。大地的无限活力仿佛都随着花朵喷涌出来。无论谁看了,都会感到生命力的无穷无尽;都会感到人间的可爱,人间净土就在眼前;都会油然产生凌云的壮志。

我为什么对大觉寺情有独钟呢?这问题提得很自然,但又显得颇为突兀。我似乎能答复,又似乎还不能。

将近七十年前,当我在清华园读书的时候,北京的古寺名刹,我都是知道的,什么潭柘寺、戒台寺、碧云寺、卧佛寺等等,我都清楚,当时既无公共汽车,连自行车都极少见。我曾同一些伙伴"细雨骑驴登香山"。雨中山清水秀,除了密林深处间或有小鸟的啁啾声外,几乎是万籁俱寂。我绝非像陆放翁那样的诗人,但是,此时此地心中却溢满了诗意。"此中有真意,欲辨已忘言",实不足为外人道也。

可是,大觉寺这个古刹,我却是没有听说过的。它对我完全是陌生的。原因大概是,这一座千年古刹在当时已经凋零颓败,再没有参观旅游的价值，被人们弃若敝屣了。

时间一下子跳过了五十年，我已届古稀之年，可以说是一个地地道道的老人了，可是我偏一点儿老的感觉都没有，有时候还会忽发少狂。此时，大觉寺已经名传遐迩，那一棵有三百年树龄的"玉兰之王"就生长在大觉寺中，每年春天花发时总会吸引众多的游人前去观赏。20世纪80年代初的一个春天，听说玉兰之王正在繁花怒放，我于是同大泓和二泓骑自行车，长驱三四十公里，到大觉寺去随喜。走在半路上，想停车休息一会儿，我的双腿已经麻木，几乎下不了车。幸亏有两个孩子的扶掖，才勉强再登上了车，鼓起余勇，一鼓作气，终于到达了大觉寺。

人们，其中包括一些学者们，常说：第一个印象是最准确、最清晰，因而也就是最符合实际情况、最可靠的印象。我对大觉寺的第一个印象怎样呢？山门虽不新，但也没有给人以寥落颓败之感，想必是在过去五十年中修缮过一次，所以才有现在这个情况。这一天来的人多如过江之鲫，到处人声喧阗，古寺的沉寂完全被打破。好不容易挤进了寺门，只见殿阁庄严，花木葳蕤。丁香、藤萝已经开过，只剩下绿叶肥大。最引人注目的是那几棵千年古松柏，树身如苍龙盘曲，尖顶直刺入蔚蓝的晴空，使人看了，精神立刻为之一振。我们先看了北玉兰院的几棵玉兰，花开得正茂密。最后转到南玉兰院，看那一棵玉兰之王。躯干极粗，但是主干已锯掉，只剩下旁枝，至少已有上百年的历史；但是比起三百余年的主干，仍然如小巫见大巫。此时玉兰花正在怒放，花开得茂密压枝。与之相对的是一棵树龄比较小一点的紫玉兰。两棵树一白一紫，相映成趣。大地的无限活力仿佛都随着花朵喷涌出来。无论谁看了，都会感到生命力的无穷无尽；都会感到人间的可爱，人间净土就在眼前；都会油然产生凌云的壮志。我们也都兴会淋漓，又走上后山，看了水泉。然后出寺野餐，又骑上自行车，回到了燕园，留下了终生难忘的记忆。

时间又一下子跳了将近二十年。我已经到了望九之年，垂垂老矣。两年前，我忽然接到一份请柬，要我到大觉寺去为明慧茶院开院典礼上去剪彩。这使我有点惊愕：大觉寺怎么会同什么明慧茶院联系到一起呢？我准时去了，这是我第三次进大觉寺。此时此地，如果在江南正是"杂花生树，群莺乱飞"的季节，现在这里却只有杂花，而无群莺。寺内外已加修缮，特别是从南玉兰院一直到后面上面水泉楼一路几层院落，修饰得美轮美奂，金碧辉煌，雕梁画栋，熠熠闪光。简直是换了人间，大非昔比了。可惜丁香、玉兰已经开过花，只有那一架古藤萝仍然是繁花满枝，引得蜜蜂团团飞舞。

明慧茶院是怎么一回事呢？原来是北大中文系毕业生欧阳旭先生弃学从商，用现在的话来说就是"下了海"。欧阳旭先生经营有方，过了没有多久，经营就有可观的规模。但他毕竟是文化人，发财不忘文化。在众多经营之余，在海淀创办了国林风书店，其规模之大，可与风入松书店并驾齐驱。其藏书之精，又与万圣、风入松鼎足而三，为首都文化中心海淀增一异彩。据欧阳旭亲口告诉我，几年前，他同几个伙伴秋游，到了傍晚，在西山乱山丛中迷了路。"黄昏到寺蝙蝠飞"，他们碰巧走进了一座古寺，回不了城，就借住在那里。这就是大觉寺。夜里，他同管理寺庙的人剪烛夜话，偶然心血来潮，想在这座幽静僻远的古刹中创办点什么。三谈两谈，竟然谈妥，于是就出现了明慧茶院。难道这不就是佛家所说的因缘、俗语所说的机遇、哲学家所说的偶然性吗？

可是我心中有一个谜，至今仍处在解决与未解决之间。在宝刹大觉寺中可以兴办的事业是很多很多的，为什么欧阳旭独独钟情于茶呢？中国是茶的原产地，茶文化是中华文化不可分割的一个组成部分，中国饮茶的历史至少已有一两千年，而且茶文化传遍了世界，在日本独为繁荣，形成了闻名世界的日本茶道，也是日本文化不可分割的一部分。在欧洲，最著名的饮茶国家，喝的是红茶；在北非和中东，阿拉伯国家也喜欢饮茶，喝的是龙井，是绿茶。根据最近的世界饮料新动向，茶叶大有取代咖啡和可可之势，行将见中国的茶文化传遍世界，为人类造福，为中华添彩，发扬光大之日，就在眼前了。

谈到饮茶，必须有两个绝不可缺少的条件：一个是茶，一个是水。北方不产茶，至少是北京不能产茶，这是天意，谁也无力回天。至于水，北京是有的。但是山中有水，在北方实如凤毛麟角。有水斯有寺，有寺斯有名，这是北京的独特规律。山泉与普通河水迥乎不同，它来自高山深处，毫无污染，而且还含有许多对人体有益的微量元素，入口甘甜，如饮醍醐。再加上名茶一泡，天造地设，相得益彰。大觉寺就以泉水著称，一千余年前的辽代之所以在这里建寺，主要就是这里有甘泉。不管天多么旱，泉水总是从寺后最高处潺潺流出，永不衰竭。这是一个极为难得的条件。甘泉再佐以佳茗，则二美俱矣。这个好像摆在眼前现成的想法，为什么别人就从未想到过，只有等到20世纪末来了一个年轻小伙子欧阳旭才想到了而且立即付诸实施建立了明慧茶院呢？这里面难道还有什么十分深奥难测的含义吗？

不管怎样，明慧茶院建立起来了。开幕的那一天，虽然没有能看到玉兰开花，但是，到的名人颇为不少，学术界和艺术界的一些著名人物，如欧阳中石、范曾等都光临了。大家在憩云轩观赏禅茶表演。几个被派到南方专门学习禅茶表演的年轻的女孩子，在挂在门上的绣有一个大大的"禅"字的帷幕前，在一张精心布置的桌子上，认真表演茶艺，伴奏的是佛乐，庄严肃穆，乐声低沉而清越。唐明皇当年听到了仙乐，"骊宫高处入青云，仙乐轻飘处处闻"。此时我们听到的是佛乐，乐声回荡在憩云轩前苍松翠

柏之间，回荡到下面玉兰之王所住的明德轩小院中，回荡到上面山泉流出处的楼阁间，佛乐弥漫了整个大觉寺，仿佛这里就是人间净土、地上桃源。我因为坐在第一张桌子旁，得天独厚，得以喝到第一杯禅茶，味道确同平常的不同，其余的嘉宾也都听了佛乐，喝了名茶，大家颇有点流连忘返之意。

从此北京西山增添了一个景点儿。

而我心中则增添了一个亮点儿。

我有时候无缘无故地就想到大觉寺，神驰那里的苍松、翠柏、玉兰、藤萝。第二年，正当玉兰花开花的时候，我急不可待地第四次到了大觉寺。那时许多棵玉兰都在奋勇怒放。那一棵玉兰之王开得更是邪乎，满树繁花，累累垂垂，把树干树枝完全盖满，只见白花，不见青枝，全树几千朵花仿佛开成了一朵硕大无朋的白色大花，照亮了明德轩小院，照亮了整个大觉寺，照亮了宇宙。逼得旁边那一棵有名的鼠李寄柏干瘪无光。连同玉兰之王对生的那一棵紫玉兰也失去了光彩。我失去了描绘的能力，思想和语言都一样，嘴里只能连声赞叹：奈何！奈何！

过了不过个把月，我又一次来到了大觉寺，这次同来的有侯仁之、汤一介、乐黛云、李玉洁等人，我们第一次在这里过夜。侯仁之和我两个老头儿，被欧阳旭安排在明德轩所谓"总统套房"中。既曰"总统"，必然华贵。我是个上不得台盘的人，平生不想追求华贵。我曾在印度总统府里住过，在一间像篮球场那样大的房间里，一个卧榻端端正正摆在正中央。我躺在上面，四顾茫然，宛如孤舟大洋，海天渺茫，我一夜没有睡着。今天又要住总统套房，心里真有点嘀咕。此时玉兰已经绿叶满枝，不见花影，而对面的一棵太平花则正在疯狂怒放，照得满院生辉。晚饭后，我们几个人围坐在太平花下，上天下地，闲聊一番。寂静的古寺更加寂静，仿佛宇宙间只有我们几个人遗世而独立，身心愉快，毕生所无。走进总统套房，居然一夜酣睡，真如羲皇上人矣。

第二天，我照例四点起床，走出明德轩。此时晨曦未露，夜气犹存，微风不起，松涛无声。太平花似乎还没有睡醒，玉兰之王的绿叶也在凝定不动。古寺中一片寂静。只有屋脊上狂窜乱跳的小松鼠，跑来跑去，络绎不绝，令人感到宇宙还在活着，并未寂灭。我一个人独立中庭，享受了生平第一个恬谧甜蜜的早晨，让我永世难忘。

从此以后，我心中的那个亮点更加明亮了。我常常想到大觉寺，只要有机会，我就到大觉寺来。能够谈得来的一些朋友，我也想方设法请他们到大觉寺来品茗，最好是能住上一夜，领略一下这一座古寺的静夜幽趣。连从台湾不远千里而来的台湾大学图书馆馆长林光美女士，尽管是戎马倥偬，南北奔波，我也请她到大觉寺来住了一夜。她是品茗专家，是内行，她对大觉寺泉水和名茶的赞扬，其意义应该说是与众不同的，现在她已经回到了台北，我相信，她带回去的一定是对大觉寺美好的回忆。

至于我自己为什么这样向往大觉寺呢？这要同我目前的生活情况谈起。近几年来，不知道是从哪里来的一片虚名，套在了我的头上，成了一圈光环，给我招惹来了剪不断理还乱的麻烦。这个会长，那个主编，这个顾问，那个理事，纷至沓来，究竟有多少这样的纸冠，我自己实在无法弄清，恐怕只有上帝知道了。我成了采访的对象，这个电台，那个电视台，这家报纸，那家杂志，又是采访录像，又是电话采访。一遇到什么庆典或什么纪念，我就成了药方中的甘草，万不能缺。还有无穷无尽的会议，个个都自称意义重大，非参加不行。每天下午，我就成了专家门诊的专家，客厅里招待一拨客人，另外一拨或多拨候诊者只好在别的屋里等候。采访者照相成了应有之义。做道具照相，我已习惯；但是，照相者几乎每次必高呼："笑一笑！"试问我一肚乱絮般的思绪，我能笑得起来吗？即使勉强一笑，脸上成什么模样，我自己是连想都不敢想的。校系两级领导，关心我的健康，在我门上贴上了谢绝会客的通知。然而知书识字的来访者却熟视无睹，依然想方设法闯进门来。听说北京某大学某一位名人，大概遇到了同我一样的遭遇，自己在门上大书：某某死了！但是，死了也不行，他们仍然闯进门来，要向遗体告别。

"十年浩劫"期间，我忽发牛劲儿，以卵击石，要同北大那位"老佛爷"决斗，结果全军覆没，被抄家，被批斗，被关进牛棚，好不容易捡回来了一条小命，却成了"不可接触者"。几年之内，我没接到一封来信，没有一个客人。走在校内，没有哪个人敢同我说上一句话。我自己知趣，凡上路，必茫然向前看，绝不左顾右盼，也绝不敢踩别人的影子，以免把灾殃传给别人。你说，这样心里能痛快吗？当然不能。有时候我一个人困居斗室，感前途之无望，悲未来之渺茫，只觉得凄凉、孤独、寂寞、无助，此中滋味，非同病者实难相怜也。

然而，物换斗移，时异世迁，我从一个不可接触者一变而为极可接触者，宛如从十八层地狱一下子跃上三十三天。最初有一阵喜悦，自是人之常情。然而，时隔不久，这喜悦就逐渐淡漠下来，代之而起的是无名的苦恼。"千秋万岁名，寂寞身后事"，我不想争名。我的收入足以维持我那水平不高的生活，我不想夺利。我现在要求最迫切的是还我清静。

我现在希望得到的是一片人间净土，一个世外桃源。万没想到，我又于无意中得到了净土和桃源，这就是欧阳旭在大觉寺创办的明慧茶院。我每次从燕园驱车往大觉寺来，胸中的烦躁都与车行的距离适成反比，距离愈拉长，我的烦躁愈减少，等到一进大觉寺的山门，我的烦躁情绪一扫而光，四大皆空了。在这里，我看到了我的苍松、翠柏、丁香、藤萝、梨花、紫荆，特别是我的玉兰和太平花，它们都好像是对我合十致敬。还有屋脊上窜跳的小松鼠，也好像对我微笑。我想到我前不久写的那一副对联：

　　屋脊狂窜小松鼠
　　满院开满太平花

不禁心旷神逸，虽古代桃花源中人，也不得不羡慕我了。

大概从人类有了较大的城市之日起，城市就与大自然形成了对立面，形成了鲜明的对照。连一千多年前的陶渊明都曾高唱："久在樊笼里，复得反自然。"欢悦之情，跃然纸上。清代末年，德国汉学家福兰阁任德国驻清朝的外交官，经常"上山"。我从他儿子傅吾康嘴里经常听到"上山"这个词儿。上哪个山呢？我从来没有问过，反正他每次来北京，总有一半时间"上山"。最近我才知道，他们父子俩上的山就是大觉寺，德国人毕竟是热爱自然的民族。到了今天，城市越来越大，越来越热闹，红尘万丈，喧嚣无度，虽然不能每个人都有像我那样的烦躁，但烦躁总是会有的，只不过程度高低不同而已。大家都会渴望拥抱大自然，都在不同程度上想找一片人间净土，世外桃源。可并不是每个人都能找到，这不能不说是一件憾事。

我是有福的，我找到了大觉寺明慧茶院，而且帮助我的朋友们认识这是一块人间净土，世外桃源，我的朋友们也都有福了。

我心中的那一个亮点将会愈来愈亮，愈亮。

1999 年 5 月 22 日写毕

山中逸趣

> 在任何情况下,人生也决不会只有痛苦,这就是我悟出的禅机。

置身饥饿地狱中,上面又有建造地狱时还不可能有的飞机的轰炸,我的日子比地狱中的饿鬼还要苦上十倍。

然而,打一个比喻说,在英雄交响乐的激昂慷慨的乐声中,也不缺少像莫扎特的小夜曲似的情景。

哥廷根的山林就是小夜曲。

哥廷根的山不是怪石嶙峋的高山,这里土多于石,却又有山的气势。山顶上的俾斯麦塔高踞群山之巅,在云雾升腾时,在乱云中露出的塔顶,望之也颇有蓬莱仙山之概。

最引人入胜的不是山,而是林。这一片丛林究竟有多大,我住了十年也没能弄清楚,反正走几个小时也走不到尽头。林中主要是白杨和橡树,在中国常见的柳树、榆树、槐树等，似乎没有见过。更引人入胜的是林中的草地。德国冬天不冷，草几乎是全年碧绿。冬天雪很多，在白雪覆盖下，青草也没有睡觉，只要把上面的雪一扒拉，青翠欲滴的草立即显露出来。每到冬春之交时，有白色的小花，德国人管它叫"雪钟儿"，破雪而出，成为报春的象征。再过不久，春天就真的来到了大地上，林中到处开满了繁花，一片锦绣世界了。

到了夏天，雨季来临，哥廷根的雨非常多，从来没听说有什么旱情。本来已经碧绿的草和树木，现在被雨水一浇，更显得浓翠逼人。整个山林，连同其中的草地，都绿成一片，绿色仿佛塞满了寰中，涂满了天地，到处是绿、绿、绿，其他的颜色仿佛一下子都消失了。雨中的山林，更别有一番风味。连绵不断的雨丝，同浓绿织在一起，形成一张神奇、迷茫的大网。我就常常孤身一人，不带什么伞，也不穿什么雨衣，在这张覆盖天地的大网中，踽踽独行。除了周围的树木和脚底下的青草以外，仿佛什么东西都没有，我颇有佛祖释迦牟尼的感觉，"天上天下，唯我独尊"了。

一转入秋天，就到了哥廷根山林最美的季节。我曾在《忆章用》一文中描绘过哥城的秋色，受到了朋友的称赞。我索性抄在这里：

  哥廷根的秋天是美的，美到神秘的境地，令人说不出，也根本想不到去说。有谁见过未来派的画没有？这小城东面的一片山林在秋天就是一幅未来派的画。你抬眼就看到一片耀眼的绚烂。只说黄色，就数不清有多少等级，从淡黄一直到接近棕色的深黄，参差地抹在一片秋林的梢上，里面杂了冬青树的浓绿，这里那里还点缀上一星星鲜红，给这惨淡的秋色涂上一片凄艳。

我想，看到上面这一段描绘，哥城的秋山景色就历历如在目前了。

一到冬天，山林经常为大雪所覆盖。由于温度不低，所以覆盖不会太久就融化了；又由于经常下雪，所以总是有雪覆盖着。上面的山林，一部分依然是绿的，雪下面的小草也仍旧碧绿。上下都有生命在运行着。哥廷根城的生命活力似乎从来没有停息过，即使是在冬天，情况也依然如此。等到冬天一转入春天，生命活力没有什么覆盖了，于是就彰明昭著地腾跃于天地之间了。

哥廷根的四时的情景就是这个样子。

从我来到哥城的第一天起，我就爱上了这山林。等到我堕入饥饿地狱，等到天上的飞机时时刻刻在散布死亡时，只要我一进入这山林，立刻在心中涌起一种安全感。山林确实不能把我的肚皮填饱，但是在饥饿时安全感又特别可贵。山林本身不懂什么饥饿，更用不着什么安全感。当全城人民饥肠辘辘，在英国飞机下心里忐忑不安的时候，山林却依旧郁郁葱葱，"依旧烟笼十里堤"。我真爱这样的山林，这里真成了我的世外桃源了。

我不知道有多少次，一个人到山林里来；也不知道有多少次，同中国留学生或德国朋友一起到山林里来。在我记忆中最难忘记的一次畅游，是同张维和陆士嘉在一起的。这一天，我们的兴致都特别高。我们边走，边谈，边玩，真正是忘路之远近。我们走呀，走呀，已经走到了我们往常走到的最远的界线；但在不知不觉之间就越了过去，仍然一往直前。越走林越深，根本不见任何游人。路上的青苔越来越厚，是人迹少到的地方。周围一片寂静，只有我们的谈笑声在林中回荡，悠扬、遥远。远处在林深处听到柏叶上有窸窣的声音，抬眼一看，是几只受了惊的梅花鹿，瞪大了两只眼睛，看了我们一会儿，立即一溜烟似的逃到林子的更深处去了。我们最后走到了一个悬崖上，下临深谷，深谷的那一边仍然是无边无际的树林。我们无法走下去，也不想走下去，这里就是我们的天涯海角了。回头走的路上，遇到了雨。我们躲在大树下,避了一会儿雨。然而雨越下越大,我们只好再往前跑。出我们意料之外,竟然找到了一座木头凉亭,真是避雨的好地方。里面已经先坐着一个德国人。打了一声招呼,我们也就坐下,同是深林躲雨人,相逢何必曾相识。我们没有通名报姓,就上天下地胡谈一通,宛如故友相逢了。

  这一次畅游始终留在我的记忆里,至今难忘。山中逸趣,当然不止这一桩。大大小小,琐琐碎碎的事情,还可以写出一大堆来,我现在一律免掉。我写这些东西的目的,是想说明,就是在那种极其困难的环境中,人生乐趣仍然是有的。在任何情况下,人生也决不会只有痛苦,这就是我悟出的禅机。

黄 昏

> 漫漫的漆黑的夜，闪着星光和月光的夜，浮动着暗香的夜……只是夜，长长的夜，夜永远也不完，黄昏呢？——黄昏永远不存在在人们的心里的。只一掠，走了，像一个春宵的轻梦。

黄昏是神秘的，只要人们能多活下去一天，在这一天的末尾，他们便有个黄昏。但是，年滚着年，月滚着月，他们活下去。有数不清的天，也就有数不清的黄昏。我要问：有几个人觉到过黄昏的存在呢？

早晨，当残梦从枕边飞去的时候，他们醒转来，开始去走一天的路。他们走着，走着，走到正午，路陡然转了下去。仿佛只一溜，就溜到一天的末尾，当他们看到远处弥漫着白茫茫的烟，树梢上淡淡涂上了一层金黄色，一群群的暮鸦驮着日色飞回来的时候，仿佛有什么东西轻轻地压在他们的心头。他们知道：夜来了。他们渴望着静息，渴望着梦的来临。不久，薄冥的夜色糊了他们的眼，也糊了他们的心。他们在低矮的小屋里忙乱着；把黄昏关在门外，倘若有人问：你看到黄昏了没有？黄昏真美呵。他们却茫然了。

他们怎能不茫然呢?当他们再从屋里探出头来寻找黄昏的时候,黄昏早随了白茫茫的烟的消失、树梢上金色的消失、鸦背上日色的消失而消失了。只剩下朦胧的夜。这黄昏,像一个春宵的轻梦,不知在什么时候漫了来,在他们心上一掠,又不知在什么时候去了。

黄昏走了。走到哪里去了呢?——不,我先问:黄昏从哪里来的呢?这我说不清。又有谁说得清呢?我不能够抓住一把黄昏,问它到底。从东方吗?东方是太阳出的地方。从西方吗?西方不正亮着红霞吗?从南方吗?南方只充满了光和热。看来只有说从北方来的最适宜了。倘若我们想了开去,想到北方的极北端,是北冰洋和北极,我们可以在想象里描画出:白茫茫的天地,白茫茫的雪原和白茫茫的冰山。再往北,在白茫茫的天边上,分不清哪是天,是地,是冰,是雪,只是朦胧的一片灰白。朦胧灰白的黄昏不正应当从这里蜕化出来吗?

然而,蜕化出来了,却又扩散开去。漫过了大平原、大草原,留下了一层阴影;漫过了大森林,留下了一片阴郁的黑暗;漫过了小溪,把深灰色的暮色溶入琤琮的水声里,水面在阒静里透着微明;漫过了山顶,留给它们星的光和月的光;漫过了小村,留下了苍茫的暮烟……给每个墙角扯下了一片,给每个蜘蛛网网住了一把。以后,又漫过了寂寞的沙漠,来到我们的国土里。我能想象:倘若我迎着黄昏站在沙漠里,我一定能看着黄昏从辽远的天边上跑了来,像——像什么呢?是不是应当像一阵灰蒙的白雾?或者像一片扩散的云影?跑了来,仍然只是留下一片阴影,又跑了去,来到我们的国土里,随了弥漫在远处的白茫茫的烟,随了树梢上的淡淡的金黄色,也随了暮鸦背上的日色,轻轻地落在人们的心头,又被人们关在了门外。

　　但是，在门外，它却不管人们关心不关心，寂寞地，冷落地，替他们安排好了一个幻变的又充满了诗意的童话般的世界，朦胧、微明，正像反射在镜子里的影子，它给一切东西涂上银灰的梦的色彩。牛乳色的空气仿佛真牛乳似的凝结起来，但似乎又在软软地黏黏地浓浓地流动。它带来了阒静，你听：一切静静的，像下着大雪的中夜。但是死寂吗？却并不，再比现在沉默一点，也会变成坟墓般的死寂。仿佛一点也不多，一点也不少，优美的轻适的阒静软软地黏黏地浓浓地压在人们的心头，灰的天空像一张薄幕；树木、房屋、烟纹、云缕，都像一张张的剪影，静静地贴在这幕上。这里，那里，点缀着晚霞的紫曛和小星的冷光。黄昏真像一首诗，一支歌，一篇童话；像一片月明楼上传来的悠扬的笛声，一声缭绕在长空里亮喨的鹤鸣；像陈了几十年的绍酒；像一切美到说不出来的东西。说不出来，只能去看；看之不足，只能意会；意会之不足，只能赞叹。——然而却终于给人们关在门外了。

　　给人们关在门外，是我这样说吗？我要小心，因为所谓人们，不是一切人们，也绝不会是一切人们的。我在童年的时候，就常常待在天井里等候黄昏的来临。我这样说，并不是想表明我比别人强。意思很简单，就是：别人不去，也或者是不愿意去这样做。我（自然也还有别人）适逢其会地常常这样做而已。常常在夏天里，我坐在很矮的小凳上，看墙角里渐渐暗了起来，四周的白墙上也布了一层淡淡的黑影。在幽暗里，夜来香的花香一阵阵地沁入我的心里。天空飞着蝙蝠。墙角上的蜘蛛网，映着灰白的天空，在朦胧里，还可以数出网上的线条和黏在上面的蚊子和苍蝇的尸体。在不经意的时候蓦地再一抬头，暗灰的天空里已经嵌上闪着眼的小星了。在冬天,·天井里满铺着白雪。我蜷伏在屋里。当我看到白的窗纸渐渐灰了起来,炉子里在白天看不出颜色来的火焰渐渐红起来、亮起来的时候,我也会知道:这是黄昏了。我从风门的缝里望出去:灰白的天空,灰白的盖着雪的屋顶。半弯惨淡的凉月印在天上,虽然有点凄凉;但仍然掩不了黄昏的美丽。这时,连常常坐在天井里等着它来临的人也不得不蜷伏在屋里。只剩了灰蒙的雪色伴了它在冷清的门外,这幻变的朦胧的世界造给谁看呢?黄昏不觉得寂寞吗?

但是寂寞也延长不多久。黄昏仍然要走的。李商隐的诗说:"夕阳无限好,只是近黄昏。"诗人不正慨叹黄昏的不能久留吗?它也真的不能久留,一转眼,这黄昏,像一个轻梦,只在人们心上一掠,留下黑暗的夜,带着它的寂寞走了。

走了,真的走了。现在再让我问:黄昏走到哪里去了呢?这不比我知道它从哪里来的更清楚。我也不能抓住黄昏的尾巴,问它到底。但是,推想起来,从北方来的应该到南方去的吧。谁说不是到南方去的呢?我看到它怎样地走了。——漫过了南墙,漫过了南边那座小山、那片树林;漫过了美丽的南国,一直到辽阔的非洲。非洲有耸峭的峻岭,岭上有深邃的永古苍暗的大森林。再想下去,森林里有老虎——老虎?黄昏来了,在白天里只呈露着淡绿的暗光的眼睛该亮起来了吧。像不像两盏灯呢?森林里还该有莽苍葳蕤的野草,比人高。草里有狮子,有大蚊子,有大蜘蛛,也该有蝙蝠,比平常的蝙蝠大。夕阳的余晖从树叶的稀薄处,透过了架在树枝上的蜘蛛网,漏了进来,一条条灿烂的金光,照耀得全林子里都发着棕红色,合了草底下毒蛇吐出来的毒气,幻成五色绚烂的彩雾。也该有萤火虫吧,现在一闪一闪地亮起来了。也该有花,但似乎不应该是夜来香或晚香玉。是什么呢？是一切毒艳的恶之花。在毒气里，不正应该产生恶之花吗？这花的香慢慢溶入棕红色的空气里，溶入绚烂的彩雾里。搅乱成一团，滚成一团暖烘烘的热气。然而，不久这热气就给微明的夜色消融了。只剩一闪一闪的萤火虫，现在渐渐地更亮了。老虎的眼睛更像两盏灯了，在静默里瞅着暗灰的天空里才露面的星星。

然而，在这里，黄昏仍然要走的。再走到哪里去呢？这却真的没人知道了。——随了淡白的稀疏的冷月的清光爬上暗沉沉的天空里去吗？随了眨着眼的小星爬上了天河吗？压在蝙蝠的翅膀上钻进了屋檐吗？随了西天的晕红消融在远山的后面吗？这又有谁能明白地知道呢？我们知道的，只是：它走了，带了它的寂寞和美丽走了，像一丝微飔，像一个春宵的轻梦。

是了。——现在，现在我再有什么可问呢？等候明天吗？明天来了，又明天，又明天，当人们看到远处弥漫着白茫茫的烟，树梢上淡淡涂上了一层金黄色，一群群的暮鸦驮着日色飞回来的时候，又仿佛有什么东西压在他们的心头，他们又渴望着梦的来临。把门关上了。关在门外的仍然是黄昏，当他们再伸头出来找的时候，黄昏早已走了。从北冰洋跑了来，一过路，到非洲森林里去了。再到，再到哪里，谁知道呢？然而夜来了，漫长的漆黑的夜，闪着星光和月光的夜，浮动着暗香的夜……只是夜，长长的夜，夜永远也不完，黄昏呢？——黄昏永远不存在在人们的心里的。只一掠，走了，像一个春宵的轻梦。

1934 年 1 月 4 日

听 雨

> 在大大小小高高低低,有的方正、有的歪斜的麦田里,每一个叶片都仿佛张开了小嘴,尽情地吮吸着甜甜的雨滴,有如天降甘露,本来有点黄萎的,现在变青了。本来是青的,现在更青了。宇宙间凭空添了一片温馨,一片祥和。

从一大早就下起雨来。下雨,本来不是什么稀罕事儿,但这是春雨,俗话说:"春雨贵如油。"而且又在罕见的大旱之中,其珍贵就可想而知了。

"润物细无声",春雨本来是声音极小极小的,小到了"无"的程度。但是,我现在坐在隔成了一间小房子的阳台上,顶上有块大铁皮。楼上滴下来的檐溜就打在这铁皮上,打出声音来,于是就不"细无声"了。按常理说,我坐在那里,同一种死文字拼命,本来应该需要极静极静的环境、极静极静的心情,才能安下心来,进入角色,来解读这天书般的玩意儿。这种雨敲铁皮的声音应该是极为讨厌的,是必欲去之而后快的。

然而,事实却正相反。我静静地坐在那里,听到头顶上的雨滴声,此时有声胜无声,我心里感到无量的喜悦,仿佛饮了仙露,吸了醍醐,大有飘飘欲仙之感了。这声音时慢时急，时高时低，时响时沉，时断时续，有时如金声玉振，有时如黄钟大吕，有时如大珠小珠落玉盘，有时如红珊白瑚沉海里，有时如弹素琴，有时如舞霓裳，有时如百鸟争鸣，有时如兔落鹘起，我浮想联翩，不能自已，心花怒放，风生笔底。死文字仿佛活了起来，我也仿佛又溢满了青春活力。我平生很少有这样的精神境界，更难为外人道也。

在中国，听雨本来是雅人的事。我虽然自认还不是完全的俗人，但能否就算是雅人，却还很难说。我大概是介乎雅俗之间的一种动物吧。中国古代诗词中，关于听雨的作品是颇有一些的。顺便说上一句：外国诗词中似乎少见。我的朋友章用回忆表弟的诗中有："频梦春池添秀句，每闻夜雨忆联床。"是颇有一点诗意的。连《红楼梦》中的林妹妹都喜欢李义山的"留得枯荷听雨声"之句。最有名的一首听雨的词当然是宋蒋捷的《虞美人》，词不长，我索性抄它一下：

> 少年听雨歌楼上，
> 红烛昏罗帐。
> 壮年听雨客舟中，
> 江阔云低，
> 断雁叫西风。
> 而今听雨僧庐下，
> 鬓已星星也。
> 悲欢离合总无情，
> 一任阶前，点滴到天明。

蒋捷听雨时的心情，是颇为复杂的。他是用听雨这一件事来概括自己的一生的，从少年、壮年一直到老年，达到了"悲欢离合总无情"的境界。但是，古今对老的概念，有相当大的悬殊。他是"鬓已星星也"，有一些白发，看来最老也不过五十岁左右。用今天的眼光看，他不过是介乎中老之间，用我自己比起来，我已经到了望九之年，鬓边早已不是"星星也"，顶上已是"童山濯濯"了。要讲达到"悲欢离合总无情"的境界，我比他有资格。我已经能够"纵浪大化中，不喜亦不惧"了。

　　可我为什么今天听雨竟也兴高采烈呢？这里面并没有多少雅味，我在这里完全是一个"俗人"。我想到的主要是麦子，是那辽阔原野上的青青的麦苗。我生在乡下，虽然6岁就离开，谈不上干什么农活，但是我拾过麦子，捡过豆子，割过青草，劈过高粱叶。我血管里流的是农民的血，一直到今天垂暮之年，毕生对农民和农村怀着深厚的感情。农民最高希望是多打粮食。天一旱，就威胁着庄稼的成长。即使我长期住在城里，下雨一少，我就望云霓，自谓焦急之情，绝不下于农民。北方春天，十年九旱。今年似乎又旱得邪行。我天天听天气预报，时时观察天上的云气。忧心如焚，徒唤奈何，在梦中也看到的是细雨濛濛。

　　今天早晨，我的梦竟实现了。我坐在这长宽不过几尺的阳台上，听到头顶上的雨声，不禁神驰千里，心旷神怡。在大大小小高高低低，有的方正、有的歪斜的麦田里，每一个叶片都仿佛张开了小嘴，尽情地吮吸着甜甜的雨滴，有如天降甘露，本来有点黄萎的，现在变青了。本来是青的，现在更青了。宇宙间凭空添了一片温馨，一片祥和。

　　我的心又收了回来，收回到了燕园，收回到了我楼旁的小山上，收回到了门前的荷塘内。我最爱的二月兰正在开着花。它们拼命从泥土中挣扎出来，顶住了干旱，无可奈何地开出了红色的白色的小花，颜色如故，而

鲜亮无踪，看了给人以孤苦伶仃的感觉。在荷塘中，冬眠刚醒的荷花，正准备力量向水面冲击。水当然是不缺的。但是，细雨滴在水面上，画成了一个个的小圆圈，方逝方生，方生方逝。这本来是人类中的诗人所欣赏的东西，小荷花看了也高兴起来，劲头更大了，肯定会很快地钻出水面。

  我的心又收近了一层，收到了这个阳台上，收到了自己的腔子里，头顶上叮当如故，我的心情怡悦有加。但我时时担心，它会突然停下来。我潜心默祷，祝愿雨声长久响下去，响下去，永远也不停。

1995 年 4 月 13 日

雾

> 雾能把一切东西：美的、丑的、可爱的、不可爱的，一塌瓜子都给罩上一层或厚或薄的轻纱，让清楚的东西模糊起来，从而带来了另外一种美，一种在光天化日之下看不到的美，一种朦胧的美，一种模糊的美。

浓雾又升起来了。

近几天以来，我早晨起床后第一件事就是推开窗子，欣赏外面的大雾。

我从来没有喜欢过雾。为什么现在忽然喜欢起来了呢？这其中有一点因缘。前天在飞机上，当飞临西藏上空时，机组人员说，加德满都现在正弥漫着浓雾，能见度只有一百米，飞机降落怕有困难，加德满都方面让我们飞得慢一点。我当时一方面有点担心，害怕如果浓雾不消，我们将降落何方？另一方面，我还有点好奇：加德满都也会有浓雾吗？但是，浓雾还是消了，我们的飞机按时降落在尼泊尔首都机场，机场上阳光普照。

因此，我就对雾产生了好奇心和兴趣。

抵达加德满都的第二天凌晨，我一起床，推开窗子：外面是大雾弥天。昨天下午我们从加德满都的大街上看到城北面崇山峻岭，层峦叠嶂，个个都戴着一顶顶的白帽子，这些都是万古雪峰，在阳光下闪出了耀眼的银光。这是我生平第一次看到这种景象，我简直像小孩子一般地喜悦。现在大雾遮蔽了一切，连那些万古雪峰也隐没不见，一点影子也不给留下。旅馆后面的那几棵参天古树，在平常时候，高枝直刺入晴空，现在只留下淡淡的黑影，衬着白色的大雾，宛如一张中国古代的画。昨天抵达旅馆下车时，我看到一个尼泊尔妇女背着一筐红砖，倒在一大堆砖上。现在我看到一个男子，手里拿着一堆红红的东西。我以为他拿的也是红砖，但是当他走得近了一点时，我才发现那一堆红红的东西簌簌抖动，原来是一束束红色的鲜花。我不禁自己笑了起来。

正当我失神落魄地自己暗笑的时候，忽然听到不知从哪里传来了咕咕的叫声。浓雾虽然遮蔽了形象，但是却遮蔽不住声音。我知道，这是鸽子的声音。当我倾耳细听时，又不知从哪里传来了阵阵的犬吠声。这都是我意想不到的情景。我万万没有想到，我在加德满都开始喜欢的两种动物：鸽子和狗，竟同时都在浓雾中出现了。难道浓雾竟成了我在这个美丽的山城里学会欣赏的第三件东西吗？

世界上，喜欢雾的人似乎是并不多的。英国伦敦的大雾是颇有一点名气的。有一些作家写散文、写小说来描绘伦敦的雾，我们读起来觉得韵味无穷。对于尼泊尔文学我所知甚少，我不知道，是否也有尼泊尔作家专门写加德满都的雾。但是，不管是在伦敦，还是在加德满都，明目张胆大声赞美浓雾的人，恐怕是不会多的，其中原因我不甚了了，我也没有那种闲情逸致去钻研探讨。我现在在这高山王国的首都来对浓雾大唱赞歌，也颇出自己的意料。过去我不但没有赞美过雾，而且也没有认真去观察过雾。我眼前是由赞美而达到观察，由观察而加深了赞美。雾能把一切东西：美的、丑的、可爱的、不可爱的，一塌瓜子都给罩上一层或厚或薄的轻纱，让清楚的东西模糊起来，从而带来了另外一种美，一种在光天化日之下看不到的美，一种朦胧的美，一种模糊的美。

一些时候以前，当我第一次听到模糊数学这个名词的时候，我曾说过几句怪话：数学比任何科学都更要求清晰、要求准确，怎么还能有什么模糊数学呢？后来我读了一些介绍文章，逐渐了解了模糊数学的内容。我一反从前的想法，觉得模糊数学真是一个了不起的发现。在人类社会中，在日常生活中，在社会科学和自然科学中，有着大量模糊的东西。无论如何也无法否认这些东西的模糊性。承认这个事实，对研究学术和制定政策等都是有好处的。

在大自然中怎样呢？在大自然中模糊不清的东西更多。连审美观念也不例外。有很多东西，在很多时候，朦胧模糊的东西反而更显得美。月下观景，雾中看花，不是别有一番情趣在心头吗？在这里，观赏者有更多的自由，自己让自己的幻想插上翅膀，上天下地，纵横六合，神驰于无何有之乡，情注于自己制造的幻象之中；你想它是什么样子，它立刻就成了什么样子，比那些一清见底、纤毫不遗的东西要好得多。而且绝对一清见底、纤毫不遗的东西，在大自然中是根本不存在的。

我的幻想飞腾，忽然想到了这一切。我自诩是神来之笔，我简直陶醉在这些幻象中了。这时窗外的雾仍然稠密厚重，它似乎了解了我的心情，感激我对它的赞扬。它无法说话，只是呈现出更加美妙更加神秘的面貌，弥漫于天地之间。

1986 年 11 月 26 日

我一走进我的书斋,书籍们立即活跃起来,我仿佛能听到它们向我问好的声音,我仿佛能看到它们向我招手的情景。

劝·学·之·殿

开卷有益

> 鼠目寸光不但不利于自己专业的探讨,也不利于生存竞争,不利于自己的发展,最终为大时代所抛弃。
>
> 因此,我奉献给今天的大学生们一句话:开卷有益。

这是一句老生常谈。如果要追溯起源的话,那就要追到一位皇帝身上。宋王辟之《渑水燕谈录》卷六:

(宋)太宗日阅《(太平)御览》三卷,因事有阙,暇日追补之。

尝曰:"开卷有益,朕不以为劳也。"

这一段话说不定也是"颂圣"之辞,不尽可信。然而我宁愿信其有,因为它真说到点子上了。

鲁迅先生有时候说:"随便翻翻。"我看意思也一样。他之所以能博闻强记,博古通今,与"随便翻翻"是有密切联系的。

"卷"指的是书,"随便翻翻"也指的是书。书为什么能有这样大的威力呢?自从人类创造了语言,发明了文字,抄成或印成了书,书就成了传承文化的重要载体。人类要生存下去,文化就必须传承下去,因而书也就必须读下去。特别是在当今信息爆炸的时代中,我们必须及时得到信息。只有这样,人才能潇洒地生活下去,否则,将适得其反。信息怎样得到呢?看能得到信息,听也能得到信息,而读书仍然是重要的信息源,所以非读书不可。

什么人需要读书呢?在将来人类共同进入大同之域时,人人都一定要而且肯读书的,以此为乐,而不以此为苦。在眼前,我们还做不到这一步。"四人帮"说:读书越多越反动。此"四人帮"之所以为"四人帮"也。我们可以置之不理。如今有个别的"大款",也同刘邦和项羽一样,是不读书的。不读书照样能够发大财。然而,我认为,这只是暂时的现象,相信不久就会改变。传承文化不能寄希望于这些人身上,而只能寄托在已毕业或尚未毕业的大学生身上。他们是我们的希望,他们代表着我们的未来。大学生们肩上的担子重啊!他们是任重而道远。为了人类的继续生存,为了前对得起祖先、后对得起子孙,大学生们(当然还有其他一些人)必须读书。这已是天经地义,无须争辩的。

根据我同北京大学学生的接触和我对他们的观察,绝大多数的学生还是肯读书的。他们有的说,自己感到迷惘,不知所从。他们成立了一些社团,共同探讨问题,研究人生,对人生的意义与价值感兴趣。他们甚至想探究宇宙的奥秘。他们是肯思索的一代人,是可以信赖的极为可爱的一代年轻人。同他们在一起,我这个望九之年的老人也仿佛返老还童,心里溢满了青春活力。说这些青年不肯读书,是不符合实际情况的。

读什么样的书呢？自己专业的书当然要读，这不在话下。自己专业以外的书也应该"随便翻翻"。知识面越广越好，得到的信息越多越好，否则很容易变成鼠目寸光的人。鼠目寸光不但不利于自己专业的探讨，也不利于生存竞争，不利于自己的发展，最终为大时代所抛弃。

因此，我奉献给今天的大学生们一句话：开卷有益。

1994年4月5日

"天下第一好事，还是读书"

> 智慧的传承永无穷尽。这样的传承靠的主要就是书，书是事关人类智慧传承的大事，这样一来，读书不是"天下第一好事"又是什么呢？

古今中外赞美读书的名人和文章，多得不可胜数。张元济先生有一句简单朴素的话："天下第一好事，还是读书。""天下"而又"第一"，可见他对读书重要性的认识。

为什么读书是一件"好事"呢？

也许有人认为，这问题提得幼稚而又突兀。这就等于问"为什么人要吃饭"一样，因为没有人反对吃饭，也没有人说读书不是一件好事。

但是，我却认为，凡事都必须问一个"为什么"，事出都有因，不应当马马虎虎，等闲视之。现在就谈一谈我个人的认识，谈一谈读书为什么是一件好事。

凡是事情古老的，我们常常说"自从盘古开天地"。我现在还要从盘古开天地以前谈起,从人类脱离了兽界进入人界开始谈。人成了人以后,就开始积累人的智慧,这种智慧如滚雪球,越滚越大,也就是越积越多。禽兽似乎没有发现有这种本领,一只蠢猪一万年以前是这样蠢,到了今天仍然是这样蠢,没有增加什么智慧。人则不然,不但能随时增加智慧,而且根据我的观察,增加的速度越来越快,有如物体从高空下坠一般。到了今天,达到了知识爆炸的水平。最近一段时间以来,"克隆"使全世界的人都大吃一惊。有的人竟忧心忡忡,不知这种技术发展"伊于胡底"。信耶稣教的人担心将来一旦"克隆"出来了人,他们的上帝将向何处躲藏。

人类千百年以来保存智慧的手段不出两端:一是实物,比如长城等;二是书籍,以后者为主。在发明文字以前,保存智慧靠记忆;文字发明了以后,则使用书籍。把脑海里记忆的东西搬出来,搬到纸上,就形成了书籍,书籍是贮存人类代代相传的智慧的宝库。后一代的人必须读书,才能继承和发扬前人的智慧。人类之所以能够进步,永远不停地向前迈进,靠的就是能读书又能写书的本领。我常常想,人类向前发展,有如接力赛跑,第一代人跑第一棒;第二代人接过棒来,跑第二棒,以至第三棒、第四棒,永远跑下去,永无穷尽,这样智慧的传承也永无穷尽。这样的传承靠的主要就是书,书是事关人类智慧传承的大事,这样一来,读书不是"天下第一好事"又是什么呢?

但是,话又说了回来,中国历代都有"读书无用论"的说法,读书的知识分子,古代通称之为"秀才",常常成为被取笑的对象,比如说什么"秀才造反,三年不成",是取笑秀才的无能。这话不无道理。在古代——请注意,我说的是"在古代",今天已经完全不同了——造反而成功者几乎都是不识字的痞子流氓,中国历史上两个马上皇帝,开国"英主",刘邦和朱元璋,都属此类。诗人只有慨叹"可惜刘项不读书"。"秀才"最多也只有成为这一批地痞流氓的"帮忙"或者"帮闲",帮不上的,就只好慨叹"儒冠多误身"了。

但是,话还要再说回来,中国悠久的优秀的传统文化的传承者,是这一批地痞流氓,还是"秀才"?答案皎如天日。这一批"读书无用论"的现身"说法"者的"高祖""太祖"之类,除了镇压人民剥削人民之外,只给后代留下了什么陵之类,供今天搞旅游的人赚钱而已。他们对我们国家竟无贡献可言。

总而言之,"天下第一好事,还是读书"。

1997年4月8日

我的书斋

> 将来我一定能获得真正的"天眼通"和"天耳通",只要我想要哪一本书,那一本书就会自己报出所在之处,我一伸手,便可拿到,如探囊取物。这样一来,文思就会像泉水般地喷涌,我的笔变成了生花妙笔,写出来的文章会成为天下之至文。

最近身体不太好;内外夹攻,头绪纷繁,我这已届耄耋之年的神经有点儿吃不消了。于是下定决心,暂且封笔。乔福山同志打来电话,约我写点什么。我遵照自己的决心,婉转拒绝。但一听这题目是《我的书斋》,于我心有戚戚焉,立即精神振奋,暂停决心,拿起笔来。

我确实有个书斋,我十分喜爱我的书斋。这个书斋是相当大的,大小房间,加上过厅、厨房,还有封了顶的阳台,大大小小,共有八个单元;册数从来没有统计过,总有几万册吧。在北大教授中,"藏书状元"我恐怕是当之无愧的;而且在梵文和西文书籍中,有一些堪称海内孤本。我从来不以藏书家自命,然而坐拥如此大的书城,心里能不沾沾自喜吗?

我的藏书都像是我的朋友,而且是密友。我虽然对它们并不是每一本都认识，它们中的每一本却都认识我。我每一走进我的书斋，书籍们立即活跃起来，我仿佛能听到它们向我问好的声音，我仿佛看到它们向我招手的情景。倘若有人问我，书籍的嘴在什么地方？而手又在什么地方呢？我只能说："你的根器太浅，努力修持吧。有朝一日，你会明白的。"

我兀坐在书城中，忘记了尘世的一切不愉快的事情，怡然自得。以世界之广，宇宙之大，此时却仿佛只有我和我的书友存在。窗外粼粼碧水，丝丝垂柳，阳光照在玉兰花的肥大的绿叶子上，这都是我平常最喜爱的东西，现在也都视而不见了；连平常我喜欢听的鸟鸣声"光棍儿好"，也听而不闻了。

我的书友每一本都蕴含着无量的智慧。我只读过其中的一小部分，这智慧我是能深深体会到的。没有读过的那一些，好像也不甘落后，它们不知道是施展一种什么神秘的力量，把自己的智慧放了出来，像波浪似的涌向我来。可惜我还没有修炼到能有"天眼通"和"天耳通"的水平，我还无法接受这些智慧之流。如果能接受的话，我将成为世界上古往今来最聪明的人。我自己也去努力修持吧。

我的书友有时候也让我窘态毕露。我并不是一个不爱清洁和秩序的人；但是，因为事情头绪太多，脑袋里考虑的学术问题和写作问题也不少，而且每天都收到大量寄来的书籍和报纸杂志以及信件，转瞬之间就摞成一摞。在这样的情况下，如果我需要一本书，往往是遍寻不得。"只在此屋中，书深不知处"，急得满头大汗，也是枉然。只好到图书馆去借，等我把文章写好，把书送还图书馆后，无意之间，在一摞书中，竟找到了我原来要找的书，"得来全不费工夫"，然而晚了，工夫早已费过了。我啼笑皆非，无可奈何。等到用另一本书时，再重演一次这出喜剧。我知道，我要寻找的书友，看到我急得那般模样，会大声给我打招呼的；但是喊破了嗓子，也无济于事。我还没有修持到能听懂书的语言的水平。我还要加倍努力去修持。我有信心，将来一定能获得真正的"天眼通"和"天耳通"，只要我想要哪一本书，那一本书就会自己报出所在之处，我一伸手，便可拿到，如探囊取物。这样一来，文思就会像泉水般地喷涌，我的笔变成了生花妙笔，写出来的文章会成为天下之至文。到了那时，我的书斋里会充满了没有声音的声音，布满了没有形象的形象。我同我的书友们能够自由地互通思想，交流感情。我的书斋会成为宇宙间第一神奇的书斋，岂不猗欤休哉！

  我盼望有这样一个书斋。

1993 年 6 月 22 日

写文章

> 中国过去的文人,特别是诗人和词人,十分重视修辞,诗词如此,散文怎样呢?我认为,虽然程度不同,这情况也是存在的。

当前中国散文界有一种论调,说什么散文妙就妙在一个"散"字上。散者,松松散散之谓也。意思是提笔就写,不需要构思,不需要推敲,不需要锤炼字句,不需要斟酌结构,愿意怎样写就怎样写,愿意写到哪就写到哪里。理论如此,实践也是如此。这样的"散"文充斥于一些报刊中,滔滔者天下皆是矣。

我爬了一辈子格子,虽无功劳,也有苦劳;成绩不大,教训不少。窃以为并非如此容易。现在文人们都慨叹文章不值钱,如果文章都像这样的话,我看不值钱倒是天公地道。宋朝的吕蒙正让皂君到玉皇驾前去告御状:"玉皇若问人间事,为道文章不值钱。"如果指的是这样的文章,这可以说是刁民诬告。

从中国过去的笔记和诗话一类的书中可以看到，中国过去的文人，特别是诗人和词人，十分重视修辞。这样的例子不胜枚举。杜甫的"语不惊人死不休"是人所共知的。王安石的"春风又绿江南岸"中的"绿"字，是诗人经过几度考虑才选出来的。王国维把这种炼字的工作同他的文艺理想"境界"挂上了钩。他说："词以境界为最上。"什么叫"境界"呢？同炼字有关是可以肯定的。他说："'红杏枝头春意闹'，著一'闹'字而境界全出。""闹"字难道不是炼出来的吗？

这情况又与汉语难分词类的特点有关。别的国家的情况不完全是这样。

上面讲的是诗词。散文怎样呢？我认为，虽然程度不同，这情况也是存在的。关于欧阳修推敲文章词句的故事，过去笔记小说多有记载。我现在从《霏雪录》中抄一段：

前辈文章大家，为文不惜改窜，今之学力浅浅者反以不改为高。欧公每为文，既成必自窜易，至有不留初本一字者。其为文章，则书而粘之屋壁，出入观省。至尺牍单简亦必立稿，其精审如此。每一篇出，士大夫皆传写讽诵。唯睹其浑然天成，莫究斧凿之痕也。

这对我们今天，无疑是一面镜子。

丢书之痛

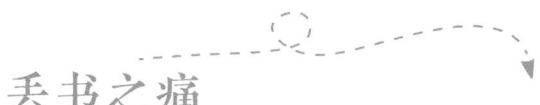

> 以我这样一个书呆子,坐拥书城,焉得不乐!虽南面王不易矣。

我教了一辈子书,从中学教到大学,从中国教到外国,以书为命,嗜书成癖,积七八十年之积累,到现在已积书数万册,在燕园中成为藏书状元。

想当年十六七岁时,在济南北园白鹤庄读高中,家里穷,我更穷;但仍然省吃俭用,节约出将近一个月的伙食钱,写信到日本丸善书店,用"代金引换"的方式,订购了一本英国作家吉卜林的短篇小说,跋涉三十余里,到商埠邮局去取书,书到手中,如获至宝,当时的欢悦至今仿佛仍蕴含于胸中。

后来到了清华大学,我的经济情况略有改进,因为爬格子爬出了点名堂,可以拿到稿费了;但是,总起来看,仍然是十分拮据的。可我积习难除,仍然节约出一个月的饭费,到东交民巷一个德国书店订购了一部德国诗人薛德林的全集,这是我手边最宝贵的东西,爱之如心头肉。

到了德国以后，经济每况愈下。格子无从爬起，津贴数目奇低。每月除了房租饮食之外，所余无几。但在极端困难的十年中，我仍然省吃俭用，积聚了数百册西文专业书。回国以后，托德国友人，历尽艰辛，从哥廷根运回北京，我当然珍如拱璧了。

在新中国成立前的三年内，我在北京琉璃厂和东安市场结识了不少书肆主人。同隆福寺修绠堂经理孙助廉更是往来甚密，成为好友。我的一些旧书，多半是从他那里得到的。"十年浩劫"以后，天日重明，但古籍已经破坏，焚烧殆尽，旧日搜书之乐，已不可再得，只能在新书上打主意。

年来因种种原因，我自己买书不多，而受赠之书，则源源不绝。数年之间，已塞满了七间房子。以我这样一个书呆子，坐拥书城，焉得不乐！虽南面王不易矣。

然而，天底下闪光的东西，不都是金子。万万没有想到，我这一座看起来固若金汤的书城竟也有了塌陷之处。我过于相信别人，引狼入室，最近搬移书籍，才发现丢书惨重。一般单本书，丢了还容易补上。然而，《王力全集》丢了四本，《朱光潜全集》丢了三本，《宗白华全集》丢了两本，叫我到哪里去配！这当头一棒使我大梦初醒，然而已经晚了。当今世风不良，人心叵测，斯文中人竟会有这种行为。我已望九之年，竟还要对世道纷纭从幼儿园学起，不亦大可哀哉！孔乙己先生说：偷书不算是偷。对此我不敢苟同，我要同他"商榷"的。

我之所以写这一篇短文，是因为我想到，"夜光杯"的读者中嗜书者必不在少数，如果还没有我这种经历，请赶快以我为鉴，在你的书房门口高悬一块木牌，上书四个大字："闲人免进。"

1999年1月9日

一个老留学生的话

> 我的一些看来似已过时的看法和经验,未必对今天的留学生没有用处。这有点像翻看旧书,偶尔会发现不知多少年前压在书中的一片红叶,岁月虽已流逝,叶片却仍红艳如新,它会勾引起我和别人一些对往事栩栩如在目前的回忆。

我是一个老留学生,在国外学习和工作了十年有余,后来我又到过全世界许多国家,对于留学生的情况,我应该说是了解的。但是,俗话说:"老年的皇历看不得了。"我回国至今已有半个世纪,可谓"老矣",我这一本皇历早已经看不得了。可为什么我现在竟斗胆来写这样一篇序呢?

原因当然是有的。虽然相距半个世纪,在这期间,沧海桑田,世界发生了天翻地覆的变化,留学生自不能例外。但是,既同称留学生,必然仍有其共同之处。我的一些看来似已过时的看法和经验,未必对今天的留学生没有用处。这有点像翻看旧书,偶尔会发现不知多少年前压在书中的一片红叶,岁月虽已流逝,叶片却仍红艳如新,它会勾引起我和别人一些对往事栩栩如在目前的回忆。

我现在就把这些回忆从心中移到纸上来。

中国之有"留学热",不自今日始。20世纪30年代初起一直到后来很长的时间内,此"热"未消,而且逐年增温。当年的大学生,一谈到留学,喜者有之,悲者亦有之。虽同样炽热,而心态却又天地悬殊。父母有权、有势、有钱,出国门易如反掌,自然是心旷神怡,睥睨一切。无此条件者,唯有考取官费一途,而官费则名额只有几名,僧多粥少,向隅而叹者,比比皆是,他们哪能不悲呢?我曾亲眼看到,有的人望"洋"兴叹,羡慕得浑身发抖,遍体生热。

留学的动机何在呢?高者胸怀"科学救国"的大志,当时"科学"只能到外国去学。低者则一心只想"镀金"。在当时大学毕业生找"饭碗"十分困难的情况下,想出国镀一下金,用现在的话说,就是"包装"。以便回国后在抢饭碗的搏斗中靠自己身上的金色来震撼有权势、有用人权者的心,其用心良苦,实亦未可厚非,我们大可以不必察察为明,细细地去追究别人心中的"活思想"和"一闪念"。

尽管在当时留学生出国的目的各不相同,但是也有共同的地方。据我的观察,这个共同性是普遍的,几乎没有任何例外的。这就是:出国是为了回国,想待在或者赖在外国不回来的想法,我们连影儿都没有,甚至连"一闪念"中也没有闪过。

写到这里,我再也无法抑制住同今天的留学生比一比的念头。根据我所看到的或者听到的情况来看,今天的留学生,其数目大大地超过了五十年前。其中决不缺少有"出国是为了回国"的仁人志士。但是大部分——大到什么程度,我没有做过统计,不敢乱说——却是"出国为了不回来"的。这种现象,自然会有其根源,而且根源还是明摆着的。无论什么根源也决不能为这个现象辩解。我虽年迈,但尚未昏聩。对于这个现象我真是大为吃惊,大为浩叹,不经意中竟成了九斤老太的信徒。

根据我多年的观察与思考,我觉得,世界上各国都有自己的知识分子。既然同为知识分子，必然有其共同点。这个共同点并不神秘，不用说人们也明白，这就是：他们都有知识，否则，没有知识，就不能成其为"知识分子"。但是，最重要的，还是他们都有不同之处。别的国家，我先不谈，只谈中国。同别的国家的知识分子比较起来，中国知识分子的特点是异常鲜明、异常突出的。也许有人会问：你不是正讲留学生吗？怎么忽然讲开了知识分子？原因十分清楚，因为留学生都是知识分子，是知识分子中一个独特的部分。所以讲留学生必须讲知识分子。

那么，中国知识分子的异常鲜明、异常突出之处究竟何在呢？归纳起来，我认为有两点：一是讲骨气，二是讲爱国。所谓"骨气"，就是我们常说的"有骨头""有硬骨头"等等。还有"不吃嗟来之食"也属于这一类。至于"宁死不屈""宁为玉碎，不为瓦全"等等一类的话，更是俯拾即是。《孟子·滕文公下》说："富贵不能淫，贫贱不能移，威武不能屈，此之谓大丈夫。"这说得多么具体，多么生动，掷地可作金石声。我们不但这样说，而且这样做。三国时祢衡击鼓骂曹，被曹操假黄祖之手砍掉了脑袋。近代章太炎胸佩大勋章，赤足站在新华门前，大骂住在里面的袁世凯，更是传为佳话，引起普遍的尊重。这种例子，中国历史上还多得很。其他国家，不能说一点也不提倡骨气；但决没有中国这样普遍，这样源远流长。

我觉得，我们中国人民，我们中国知识分子，我们中国留学生都必须有这样的骨气。

说到爱国，中国更为突出。在世界上众国之林中，没有哪一个国家宣传不爱国的。任何国家的人民都有权利和义务爱自己的国家。但是，我们必须对爱国主义加以分析。不能一见爱国主义，就认为是好东西。我个人认为，世界上有两种爱国主义，一真一假，一善一恶。被压迫、被侵略、被剥削国家和人民的爱国主义，是真爱国主义，是善的正义的爱国主义。而压迫人、侵略人、剥削人的国家和人民的爱国主义,是邪恶的,非正义的,假爱国主义,实际上应该称之为"害国主义"。这情况一想就能明白。德国法西斯和日本军国主义者狂喊"爱国主义",喊得震天价响。这样的国能爱吗?值得爱吗?谁爱这样的国,谁就沦为帮凶。而我们中国,以汉族为基础的中国,虽号称天朝大国,实则每一个朝代都有"边患",我们反而是被侵略、被屠杀者。这些少数民族,现在已融入中华民族这个大家庭中;但在历史上却确是敌人。我们不能把古代史现代化。因为中国人民始终处在被侵略、被屠杀的环境中,存在决定意识,我们就形成了连绵数千年根深蒂固的爱国主义。中国历史上有名的爱国者灿如列星,光被四表。汉朝的苏武、宋朝的岳飞、文天祥、辛弃疾、陆游等等,至今都是家喻户晓的人物,为中华民族增添了正气,为我们后代做出了榜样,永远照亮我们前进的道路。

我觉得,我们中国人民,我们中国知识分子,我们中国留学生都必须爱国。

说到这里,我不妨讲几个我们五六十年前老留学生的故事。在"二战"期间,我正在德国留学和工作。我们住在小城哥廷根的几个留学生,其中有原清华大学副校长、中国科学院院士张维教授等。我们常想,一个人在国内要讲人格。在国外,除了人格,还要讲国格。因为你在国外,在外国人眼中,你就是中国的代表。他们没有到过中国,你是什么样子,他们就认为中国是什么样子。你的一举一动,都不能掉以轻心。我们常讲,如果同德国学生有了冲突,他出言不逊,侮辱了我们自身,这样的情况还可以酌情原谅。如果他侮辱我们国家,我们必须跟他玩儿命。幸而,我们从来没有碰到这样的情况。我们十分感谢诚实可靠待人以礼的伟大的德国人民。

1942年,国民党政府的使馆从柏林撤走,取而代之的是日军走狗汉奸汪精卫的使馆。这对我们来说是一个十分关键、意义异常重大的事情。我同张维等商议,决不能同汉奸使馆发生任何关系。我们毅然走到德国警察局，宣布我们无国籍。要知道，宣布无国籍是有极大的危险性的。一个无国籍的人，就等于天空中的一只飞鸟，任何人都可以捕杀它，受不到任何方面的保护。我们冒着风险这样做了。一个有良心的中国人也只能这样去做。然而我们内心中却是十分欣慰的，认为自己还不是孬种，还够算得上一个堂堂正正的中国人。我们没有失掉人格，也没有失掉国格。

我说这一番话，好像是"老王卖瓜，自卖自夸"，意在吹擂自己。我全没有这样的想法。我比今天的留学生年龄要大上五六十岁。我不愿意专门说些好听的话，取悦于你们。如果我还有什么优点的话，那就是：我敢于讲点真话，肯讲点真话。我上面讲到的今天留学生的情况，也全是真话，没有半句谎言。

如果真是这样的话，我岂不是认为"今不如昔"了吗？岂不是认为"黄鼬降老鼠，一窝不如一窝"了吗？我决不这样相信。我上面虽然说到：我成了九斤老太的信徒。其实并没有。我的信条一向是"长江后浪推前浪，世上新人换旧人"。我始终相信"雏凤清于老凤声"。我总认为人类总会越来越好的，而决不是相反。今天留学生的情况只能是暂时的现象。目前我们国家在生活福利方面还赶不上发达的国家，还有一些不尽如人意的地方。但这也只能是暂时的现象。我们有朝一日总会好起来的。今天有些留学生不想回国，我不谴责他们，我相信他们仍然是爱国的。即使已经"归化"了其他国家的人，他们的腔子里仍然会有一颗中国的心。那种手执刀叉，口咽大菜，怀里揣满了美元而认为心满意足，认为是实现了人生的意义与价值的人，毕竟只能是极少数。

我倚老卖老，刺刺不休，在上面讲了这一些并不是每一个人都爱听的话。俗话说："良药苦口利于病，忠言逆耳利于行。"我相信，我的话不会没有用处的。话中如果有可取之处，则请大家取之。如果认为根本没有用，则请大家弃之如敝屣，我决不会有任何怨言。

两行写在
泥土地上的字

> 绿是生命的颜色,绿是青春的颜色,绿是希望的颜色,绿是活力的颜色。这一群男女大孩子正处在平常人们所说的绿色年华中,荷叶和玉兰所象征的正是他们。

夜里有雷阵雨,转瞬即停。"薄云疏雨不成泥",门外荷塘岸边,绿草坪畔,没有积水,也没有成泥,土地只是湿漉漉的。一切同平常一样,没有什么特异之处。

我早晨出门,想到外面呼吸新鲜空气,这也同平常一样,并没有什么特异之处。然而,我的眼睛一亮,蓦地瞥见塘边泥土地上有一行用树枝写成的字:

季老好　98级日语

回头在临窗玉兰花前的泥土地上也有一行字:

> 来访　　98级日语

我一时懵然，莫名其妙。还不到一瞬间，我恍然大悟：98级是我今年的新生。今天上午，全校召开迎新大会；下午，东方学系召开迎新大会。在两大盛会之前，这一群（我不知道准确数目）从未谋面的十七八九岁男女大孩子们，先到我家来，带给我无法用言语形容的这一番深情厚谊。但他们恐怕打扰我，便想出了这一个惊人的匪夷所思的办法，用树枝把他们的深情写在了泥土地上。他们估计我会看到的，便悄然离开了我的家门。

我果然看到他们留下的字了。我现在已经望九之年，我走过的桥比这一帮大孩子走过的路还要长，我吃过的盐比他们吃过的面还要多，自谓已经达到了"悲欢离合总无情"的境界。然而，今天，我一看到这两行写在泥土地上的字，我却真正动了感情，眼泪一下子涌出了眼眶，双双落到了泥土地上。

我是一个平凡的人，生平靠自己那一点儿勤奋，做出了一点儿微不足道的成绩。对此我并没有多大信心。独独对于青年，我却有自己的一套看法。我认为，我们中年人或老年人，不应当一过了青年阶段，就忘记了当年穿开裆裤的样子，好像自己一生下就老成持重，对青年总是横挑鼻子竖挑眼。我们应当努力理解青年，同情青年，帮助青年，爱护青年，不能要求他们总是四平八稳，总是温良恭俭让。我相信，中国青年都是爱国的、爱真理的。即使有什么"逾矩"的地方，也只能耐心加以劝说，惩罚是万不得已而为之的。一个国家、一个民族，如果对自己的青年失掉了信心，那它就失掉了希望，失掉了前途。我常常这样想，也努力这样做。在风和日丽时是这样，在阴霾蔽天时也是这样。这要不要冒一点风险呢？要的。但我人微言轻，人小力薄，除了手中的一支圆珠笔以外，就只有嘴里那三寸不烂之舌，除了这样做以外，也没有别的办法。

大概就由于这些情况,再加上我的一些所谓文章,时常出现在报纸杂志上,有的甚至被选入中学教科书,于是普天下青年男女颇有知道我的姓名的。青年们容易轻信,他们认为报纸杂志所说的都是真实的,就轻易对我产生了一种好感,一种情意。我现在几乎每天都能收到全国各地,甚至穷乡僻壤、边远地区青年们的来信。大中小学生都有。他们大概认为我无所不能、无所不通,而又颇为值得信赖,向我提出各种各样的问题,有的简直石破天惊,有的向我倾诉衷情。我想,有的事情,他们对自己的父母也未必肯讲的,比如想轻生自杀之类,他们却肯对我讲。我读到这些书信,感动不已。我已经到了风烛残年,对人生看得透而又透,只等造化小儿给我的生命画上句号。然而这些素昧平生男女大孩子的信,却给我重新注入了生命的活力。苏东坡的词说:"谁道人生无再少?门前流水尚能西,休将白发唱黄鸡。"我确实有"再少"之感了,这一切我都要感谢这些男女大孩子们。

东方学系98级日语专业的新生,一定就属于我在这里所说的男女大孩子们。他们在五湖四海的什么中学里,读过我写的什么文章,听到过关于我的一些传闻,脑海里留下了我的影子。所以,一进燕园,赶在开学之前,就迫不及待地把自己的一份情意,用他们自己发明出来的,也许从来还没有被别人使用过的方式,送到了我的家门来,惊出了我的两行老泪。我连他们的身影都没有看到,我看到的只是清塘里面的荷叶。此时虽已是初秋,却依然绿叶擎天,水影映日,满塘一片浓绿。回头看到窗前那一棵玉兰,也是翠叶满枝,一片浓绿。绿是生命的颜色,绿是青春的颜色,绿是希望的颜色,绿是活力的颜色。这一群男女大孩子正处在平常人们所说的绿色年华中。荷叶和玉兰所象征的正是他们。我想,他们一定已经看到了绿色的荷叶和绿色的玉兰。他们的影子一定已经倒映在荷塘的清水中。虽然是转瞬即逝,连他们自己也未必注意到。可他们与这一片浓绿相得益彰,溢满了活力,充满了希望,将来左右这个世界、决定人类前途的,正是这一群年轻的男女大孩子们。他们真正让我"再少",他们在这方面的力量绝不亚于我在上面提到的那些全国各地青年的来信。我虔心默祷,虽然我并不相信造物主能从我眼前的八十七岁中抹掉七十年,把我变成一个十七岁的少年,使我同他们一起学习,一起娱乐,共同分享普天下的凉热。

我并不怕坟,只是在走了这么长的路以后,我真想停下来休息片刻。然而我不能,不管愿意不愿意,反正是非走不行。聊以自慰的是,我既看到了坟,也看到野百合和野蔷薇。

无·解·之·问

八十述怀

> 我知道，未来的路也不会比过去的更笔直、更平坦。但是我并不恐惧。我眼前还闪动着野百合和野蔷薇的影子。

  我从来没有想到，我能活到八十岁；如今竟然活到了八十岁，然而又一点也没有八十岁的感觉。岂非咄咄怪事！

  我向无大志，包括自己活的年龄在内。我的父母都没能活到五十；因此，我自己的原定计划是活到五十。这样已经超过了父母，很不错了。不知怎么一来，宛如一场春梦，我活到了五十岁。那时正值所谓三年自然灾害。我流年不利，颇挨了一阵子饿。但是，我是"曾经沧海难为水"，在第二次世界大战时，我正在德国，我经受了而今难以想象的饥饿的考验，以致失去了饱的感觉。我们那一点灾害，同德国比起来，真如小巫见大巫；我从而顺利地渡过了那一场灾难，而且我当时的精神面貌是我一生最好的时期，一点苦也没有感觉到，于不知不觉中冲破了我原定的年龄计划，渡过了五十岁大关。

五十一过,又仿佛一场春梦似的,一下子就到了古稀之年,不容我反思,不容我踟蹰。其间跨越了一个"十年浩劫"。我当然是在劫难逃,被送进牛棚。我现在不知道应当感谢哪一路神灵:佛祖、上帝、安拉;由于一个万分偶然的机缘,我没有走上绝路,活下来了。活下来了,我不但没有感到特别高兴,反而时有悔愧之感在咬我的心。活下来了,也许还是有点好处的。我一生写作翻译的高潮,恰恰出现在这个期间。原因并不神秘:我获得了余裕和时间。二百多万字的印度大史诗《罗摩衍那》,就是在这时候译完的。"雪夜闭门写禁文",自谓此乐不减羲皇上人。

又仿佛是一场缥缈的春梦,一下子活到了今天,行年八十矣,是古人称之为耄耋之年了。倒退二三十年,我这个在寿命上胸无大志的人偶尔也想到耄耋之年的情况:手拄拐杖,白须飘胸,步履维艰,老态龙钟。自谓这种事情与自己无关,所以想得不深也不多。哪里知道,自己今天就到了这个年龄了。今天是新年元旦。从夜里零时起,自己已是不折不扣的八十老翁了。然而这老景却真如古人诗中所说的"青霭入看无",我看不到什么老景。看一看自己的身体,平平常常,同过去一样。看一看周围的环境,平平常常,同过去一样。金色的朝阳从窗子里流了进来,平平常常,同过去一样。楼前的白杨,确实粗了一点,但看上去也是平平常常,同过去一样。时令正是冬天,叶子落尽了,但是我相信,它们正蜷缩在土里,做着春天的梦。水塘里的荷花只剩下残叶,"留得枯荷听雨声",现在雨没有了,上面只有白皑皑的残雪。我相信,荷花们也蜷缩在淤泥中,做着春天的梦。总之,我还是我,依然故我,周围的一切也依然是过去的一切。

我是不是也在做着春天的梦呢?我想,是的。我现在也处在严寒中,我也梦着春天的到来。我相信英国诗人雪莱的两句话："既然冬天已经到了，春天还会远吗？"我梦着楼前的白杨重新长出了浓密的绿叶，我梦着池塘里的荷花重新冒出了淡绿的大叶子，我梦着春天又回到了大地上。

可是我万万没有想到，"八十"这个数目字竟有这样大的威力，一种神秘的威力。自己已经八十岁了！我吃惊地暗自思忖。它逼迫着我向前看一看，又回头看一看。向前看，灰蒙蒙的一团，路不清楚，但也不是很长。确实没有什么好看的地方，不看也罢。

而回头看呢，则灰蒙蒙的一团中，清晰地看到了一条路，路极长，是我一步一步地走过来的，这条路的顶端是在清平县的官庄。我看到了一片灰黄的土房，中间闪着苇塘里的水光，还有我大奶奶和母亲的面影。这条路延伸出去，我看到了泉城的大明湖。这条路又延伸出去，我看到了水木清华，接着又看到德国小城哥廷根斑斓的秋色，上面飘动着我那母亲似的女房东和祖父似的老教授的面影。路陡然又从万里之外折回到神州大地，我看到了红楼，看到了燕园的湖光塔影。令人泄气而且大煞风景的是，我竟又看到了牛棚的牢头禁子那一副牛头马面似的狞恶的面孔。再看下去，路就缩住了，一直缩到我的脚下。

在这一条十分漫长的路上，我走过阳关大道，也走过独木小桥。路旁有深山大泽，也有平坡宜人；有杏花春雨，也有塞北秋风；有山重水复，也有柳暗花明；有迷途知返，也有绝处逢生。路太长了，时间太长了，影子太多了，回忆太重了。我真正感觉到，我负担不了，也忍受不了，我想摆脱掉这一切，还我一个自由自在身。

回头看既然这样沉重，能不能向前看呢？我上面已经说到，向前看，路不是很长，没有什么好看的地方。我现在正像鲁迅的散文诗《过客》中的那一个过客。他不知道是从什么地方走来的，终于走到了老翁和小女孩的土屋前面，讨了点水喝。老翁看他已经疲惫不堪，劝他休息一下。他说："从我还能记得的时候起，我就在这么走，要走到一个地方去，这地方就在前面。我单记得走了许多路，现在来到这里了。我接着就要走向那边去……况且还有声音常在前面催促我，叫唤我，使我息不下。那边，西边是什么地方呢？"老人说："前面，是坟。"小女孩说："不，不，不的。那里有许多许多野百合，野蔷薇，我常常去玩，去看它们的。"

我理解这个过客的心情，我自己也是一个过客。但是却从来没有什么声音催着我走，而是同世界上任何人一样，我是非走不行的，不用催促，也是非走不行的。走到什么地方去呢？走到西边的坟那里，这是一切人的归宿。我记得屠格涅夫的一首散文诗里，也讲了这个意思。我并不怕坟，只是走了这么长的路以后，我真想停下来休息片刻。然而我不能，不管你愿意不愿意，反正是非走不行。聊以自慰的是，我同那个老翁还不一样，有的地方颇像那个小女孩，我既看到了坟，也看到了野百合和野蔷薇。

我面前还有多少路呢？我说不出，也没有仔细想过。冯友兰先生说："何止于米？相期以茶。""米"是八十八岁，"茶"是一百零八岁。我没有这样的雄心壮志，我是"相期以米"。这算不算是立大志呢？我是没有大志的人，我觉得这已经算是大志了。

我从来对穷通寿夭也是颇有一些想法的。"十年浩劫"以后，我成了陶渊明的志同道合者。他的一首诗，我很欣赏：

纵浪大化中，
不喜亦不惧。

> 应尽便须尽，
> 无复独多虑。

　　我现在就是抱着这种精神，昂然走上前去。只要有可能，我一定做一些对别人有益的事，绝不想成为行尸走肉。我知道，未来的路也不会比过去的更笔直、更平坦。但是我并不恐惧。我眼前还闪动着野百合和野蔷薇的影子。

1991年1月1日

生命冥想

我总觉得，在无量的——无论在空间上或时间上——宇宙进程中，我们有这次生命，不是容易的事；比电火还要快，一闪便会消逝到永恒的沉默里去。我们不要放过这短短的时间，我们要多看一些东西。

我从来不相信什么神话，但是现在我真想相信起来，我真希望有个天国。可是我知道，须弥山已经为印度人所独占，他们把自己的天国乐园安放在那里。昆仑山又为中国人所垄断，王母娘娘就被安顿在那里。我现在只能希望在辽阔无垠的宇宙中间还能有那么一块干净的地方，能容得下一个阆苑乐土。那里有四时不谢之花、八节长春之草，大地上一切花草的魂魄都永恒地住在那里，随时、随地都是花团锦簇，五彩缤纷。我们燕园中被无端砍伐了的西府海棠的魂灵也遨游其间。

朦胧，微明，正像反射在镜子里的影子，它给一切东西涂上银灰的梦的色彩。牛乳色的空气仿佛真牛乳似的凝结起来，但似乎又在软软地黏黏地浓浓地流动。它带来了阒静，你听：一切静静，墓般的死寂。仿佛一点也不多，一点也不少，优美的轻适的阒静软软地黏黏地浓浓地压在人们的心头，灰的天空像一张薄幕；树木、房屋、烟纹、云缕，都像一张张的剪影，静静地贴在这幕上。

在这微白的长长的路的终点，在雾的深处，谁也说不清是什么地方，有一个充满了威吓的黑洞，在向我们狞笑，那就是我们的归宿。障在我们眼前的幕，到底也不会撤去。我们眼前仍然只有当前一刹那的亮，带了一个大混沌，走进这个黑洞去。

我总觉得，在无量的——无论在空间上或时间上——宇宙进程中我们有这次生命，不是容易的事；比电火还要快，一闪便会消逝到永恒的沉默里去。我们不要放过这短短的时间，我们要多看一些东西。就因了这点小小的愿望，我想到外国去。

我看了在豆棚瓜架下闲话的野老，看了在一天工作疲劳之余在门前悠然吸烟的农人，都引起我极大的向往。我真不愿意离开这故国，这故国每一方土地、每棵草木，都能给我温热的感觉。但我终于要走的，沿了自己在心里画下的一条路走。我只希望，当我从异邦转回来的时候，我能看到一个一切都不变的故国，一切都不变的故乡，使我感觉不到曾这样长的时间离开过它，正如从一个短短的午梦转来一样。

天地萌生万物，对包括人在内的动植物等有生命的东西，总是赋予一种极其惊人的求生存的力量和极其惊人的扩展蔓延的力量，这种力量大到无法抗御。只要你肯费力来观摩一下，就必然会承认这一点。现在摆在我面前的就是我楼前池塘里的荷花。且从几个勇敢的叶片跃出水面以后，许多叶片接踵而至。一夜之间，就出来了几十枝，而且迅速地扩散、蔓延。不到十几天的工夫，荷叶已经蔓延得遮蔽了半个池塘。从我撒种的地方出

发,向东西南北四面扩展。我无法知道,荷花是怎样在深水淤泥里走动。反正从露出水面的荷叶来看,每天至少要走半尺的距离,才能形成眼前这个局面。

我仿佛觉得这棵丝瓜有了思想,像达摩老祖一样,面壁参禅;它能让无法承担重量的瓜停止生长;它能给处在有利地形的大瓜找到承担重量的地方,给这样的瓜特殊待遇,让它们疯狂地长;它能让悬垂的瓜平身躺下。如果不是这样的话,无论如何也无法解释我上面谈到的现象。但是,如果真是这样的话,又实在令人难以置信。丝瓜用什么来思想呢?丝瓜靠什么来指导自己的行动呢?上下数千年,纵横几万里,从来也没有人说过,丝瓜会有思想。我左考虑,右考虑,越考虑越糊涂。我无法同丝瓜对话,这是一个沉默的奇迹。瓜秧仿佛成了一根神秘的绳子,绿叶上照旧浓翠扑人眉宇。我站在丝瓜下面,陷入梦幻。而丝瓜则似乎心中有数,无言静观,它怡然,泰然,悠然,坦然,仿佛含笑面对秋阳。

它们鼓动了我当时幼稚的幻想,把我带到动物的世界里,植物的世界里,月的国,虹的国里翱翔。不止一次地,我在幻想里看到生着金色的翅膀的天使在一团金色的光里飞舞。终于自己也仿佛加入到里面去,一直到忘记了哪是天使,哪是自己。这些天使们就这样一直陪我到梦里去。

当时对我来说,外语是一种非常神奇的东西。我认为,方块字是天经地义,不用方块字,只弯弯曲曲像蚯蚓爬过的痕迹一样,居然能发出音来,还能有意思,简直是不可思议。越是神秘的东西,便越有吸引力,英文对于我就有极大的吸引力。每次回忆学习英文的情景时,我眼前总有一团零乱的花影,是绛紫色的芍药花。原来在校长办公室前的院子里有几个花畦,春天一到,芍药盛开,都是绛紫色的花朵。白天走过那里,紫花绿叶,极为分明。到了晚上，英文课结束后，再走过那个院子，紫花与绿叶化成一个颜色，朦朦胧胧的一堆一团，因为有白天的印象，所以还知道它们的颜色。但夜晚眼前却只能看到花影，鼻子似乎有点花香而已。这一幅情景伴随了我一生，只要是一想起学习英文，这一幅美妙无比的情景就浮现到眼前来，带给我无量的幸福与快乐。

  在我们的日常生活中，都有这样一个经验：越是看惯了的东西，便越是习焉不察，美丑都难看出。这种现象在心理学上是容易解释的：一定要同客观存在的东西保持一定的距离，才能客观地去观察。难道我们就不能有意识地去改变这种习惯吗？难道我们就不能永远用新的眼光去看待一切事物吗？我想自己先试一试看，果然有神奇的效果。我现在再走过荷塘看到槐花，努力在自己的心中制造出第一次见到的幻想，我不再熟视无睹，而是尽情地欣赏。槐花也仿佛是得到了知己，大大小小、高高低低的洋槐，似乎在喃喃自语，又对我讲话。周围的山石树木，仿佛一下子活了起来，一片生机，融融氤氲。荷塘里的绿水仿佛更绿了；槐树上的白花仿佛更白了；人家篱笆里开的红花仿佛更红了。风吹，鸟鸣，都洋溢着无限生气。一切眼前的东西联在一起，汇成了宇宙的大欢畅。

不完满才是人生

> "不完满才是人生",这是一个"平凡的真理";但是真能了解其中的意义,对己对人都有好处。对己,可以不烦不躁;对人,可以互相谅解。

每个人都争取一个完满的人生。然而,自古及今,海内海外,一个百分之百完满的人生是没有的。所以我说,不完满才是人生。

关于这一点,古今的民间谚语、文人诗句,说到的很多很多。最常见的比如苏东坡的词:"人有悲欢离合,月有阴晴圆缺,此事古难全。"南宋方岳(根据吴小如先生考证)诗句:"不如意事常八九,可与人言无二三。"这都是我们时常引用的,脍炙人口的。类似的例子还能够举出成百上千来。

这种说法适用于一切人,旧社会的皇帝老爷子也包括在里面。他们君临天下,率土之滨,莫非王土,可以为所欲为,杀人灭族,小事一端,按理说,他们不应该有什么不如意的事。然而,实际上,王位继承,宫廷斗争,比民间残酷万倍。他们威仪俨然地坐在宝座上,如坐针毡。虽然捏造了龙驭上宾这种神话,他们自己也并不相信。他们想方设法以求得长生不老,他们最怕一旦魂断,宫车挽出。连英主如汉武帝、唐太宗之辈也不能"免俗"。汉武帝造承露金盘,妄想饮仙露以长生;唐太宗服印度婆罗门的灵药,期望借此以不死。结果,事与愿违,仍然是龙驭上宾呜呼哀哉了。

在这些皇帝手下的大臣们,一人之下,万人之上,权力极大,骄纵恣肆,贪赃枉法,无所不至。在这一类人中,好东西大概极少,否则包公和海瑞等决不会流芳千古、久垂宇宙了。可这些人到了皇帝跟前,只是一个奴才,常言道:伴君如伴虎。可见他们的日子并不好过。据说明朝的大臣上朝时在笏板上夹带一点鹤顶红,一旦皇恩浩荡,钦赐极刑,连忙用舌尖舔一点鹤顶红,立即涅槃,落得一个全尸。可见这一批人的日子也并不好过,谈不到什么完满的人生。

至于我辈平头老百姓,日子就更难过了。新中国成立前后,不能说没有区别,可是一直到今天仍然是"不如意事常八九"。早晨在早市上被小贩宰了一刀;在公共汽车上被扒手割了包,踩了人一下,或者被人踩了一下,根本不会说对不起了,代之以对骂,或者甚至演出全武行;到了商店,难免买到假冒伪劣的商品,又得生一肚子气。谁能说,我们的人生多是完满的呢?

再说到我们这一批手无缚鸡之力的知识分子,在历史上一生中就难得过上几天好日子。只一个"考"字,就能让你谈"考"色变。"考"者,考试也。在旧社会科举时代,"千军万马独木桥",要上进,只有科举一途,你只需读一读吴敬梓的《儒林外史》,就能淋漓尽致地了解到科举的情况。以周进和范进为代表的那一批举人进士,其窘态难道还不能让你胆战心惊,啼笑皆非吗？

现在我们运气好，得生于新社会中。然而那一个"考"字，宛如如来佛的手掌，你别想逃脱得了。幼儿园升小学，考；小学升初中，考；初中升高中，考；高中升大学，考；大学毕业想当硕士，考；硕士想当博士，考。考，考，考，变成烤，烤，烤；一直到知命之年，厄运仍然难免，现代知识分子落到这一张密而不漏的天网中，无所逃于天地之间，我们的人生还谈什么完满呢？

灾难并不限于知识分子："人人有一本难念的经。"所以我说"不完满才是人生"。这是一个"平凡的真理"，但是真能了解其中的意义，对己对人都有好处。对己，可以不烦不躁；对人，可以互相谅解。这会大大地有利于整个社会的安定团结。

1998 年 8 月 20 日

缘分与命运

> 这种"机遇"是报纸上的词,哲学上的术语是"偶然性",老百姓嘴里就叫作"缘分"或"命运"。

缘分与命运本来是两个词儿,都是我们口中常说、文中常写的。但是,仔细琢磨起来,这两个词儿含义极为接近,有时达到了难解难分的程度。

缘分和命运可信不可信呢?

我认为,不能全信,又不可不信。

我绝不是为算卦相面的"张铁嘴""王半仙"之流的骗子来张目。算八字算命那一套骗人的鬼话,只要一个异常简单的事实就能揭穿。试问普天之下——番邦暂且不算,因为老外那里没有这套玩意儿——同年、同月、同日、同时生的孩子有几万,几十万,他们一生的经历难道都能够绝对一样吗?绝对的不一样,倒近于事实。

可你为什么又说,缘分和命运不可不信呢?

我也举一个异常简单的事实。只要你把你最亲密的人,你的老伴——或者"小伴",这是我创造的一个名词儿,年轻的夫妻之谓也——同你自己相遇,一直到"有情人终成眷属"的经过回想一下,便立即会同意我的意见。你们可能是一个生在天南,一个生在海北,中间经过了不知道多少偶然的机遇,有的机遇简直是间不容发,稍纵即逝,可终究没有错过,你们到底走到一起来了。即使是青梅竹马的关系,也同样有个"机遇"问题。这种"机遇"是报纸上的词,哲学上的术语是"偶然性",老百姓嘴里就叫作"缘分"或"命运"。这种情况,谁能否认,又谁能解释呢?没有办法,只好称之为缘分或命运。

北京西山深处有一座辽代古庙名叫"大觉寺"。此地有崇山峻岭,茂林流泉,有三百年的玉兰树,二百年的藤萝花,是一个绝妙的地方。将近二十年前,我骑自行车去过一次。当时古寺虽已破败,但仍给我留下了深刻的印象,至今忆念难忘。去年春末,北大中文系的毕业生欧阳旭邀我们到大觉寺去剪彩。原来他下海成了颇有基础的企业家。他毕竟是书生出身,念念不忘为文化做贡献。他在大觉寺里创办了一个明慧茶院,以弘扬中国的茶文化。我大喜过望,准时到了大觉寺。此时的大觉寺已焕然一新,雕梁画栋,金碧辉煌,玉兰已开过而紫藤尚开,品茗观茶道表现,心旷神怡,浑然欲忘我矣。

将近一年以来,我脑海中始终有一个疑团:这个英年歧嶷的小伙子怎么会到深山里来搞这么一个茶院呢?前几天,欧阳旭又邀我们到大觉寺去吃饭。坐在汽车上,我不禁向他提出了我的问题。他莞尔一笑,轻声说:"缘分!"原来在这之前他携伙伴郊游,黄昏迷路,撞到大觉寺里来。爱此地之清幽,便租了下来,加以装修,创办了明慧茶院。

此事虽小,可以见大。信缘分与不信缘分,对人的心情影响是不一样的。信者胜可以做到不骄,败可以做到不馁,决不至胜则忘乎所以,败则怨天尤人。中国古话说:"尽人事而听天命。"首先必须"尽人事",否则馅儿饼决不会自己从天上落到你嘴里来。但又必须"听天命"。人世间,波诡云谲,因果错综。只有能做到"尽人事而听天命",一个人才能永远保持心情的平衡。

1998 年 1 月 16 日

谦虚与虚伪

> 谦虚是美德,但必须掌握分寸,注意地域上的差别。然而,不管东方或西方,必须出之真诚。有意的过分的谦虚就等于虚伪。

在伦理道德的范畴中,谦虚一向被认为是美德,应该扬;而虚伪则一向被认为是恶习,应该抑。

然而,究其实际,二者有时并非泾渭分明,其区别间不容发。谦虚一过头,就会成为虚伪。我想,每一个人都会有这样的体会的。

在世界文明古国中,中国是提倡谦虚最早的国家。在中国最古老的经典之一《尚书·大禹谟》中就已经有了"满招损,谦受益,时(是)乃天道"这样的教导,把自满与谦虚提高到"天道"的水平,可谓高矣。从那以后,历代的圣贤无不主张谦虚,贬抑自满。一直到今天,我们常用的词汇中仍然有一大批与"谦"字有联系的词儿,比如"谦卑""谦恭""谦和""谦谦君子""谦让""谦顺""谦虚""谦逊",等等,可见"谦"字之深入人心,久而愈彰。

我认为，应该提倡真诚的谦虚，而避免虚伪的谦虚，后者与虚伪间不容发矣。

可是在这里我们就遇到了一个拦路虎：什么叫"真诚的谦虚"呢？什么又叫"虚伪的谦虚"？两者之间并非泾渭分明，简直可以说是因人而异，因地而异，因时而异，掌握一个正确的分寸难于上青天。

最突出的是因地而异，"地"指的首先是东方和西方。在东方，比如说中国和日本，提到自己的文章和著作，必须说是"拙作"或"拙文"。这在西方各国语言中是找不到相当的词儿的。尤有甚者，甚至可能产生误会。中国人请客，发请柬必须说"洁治菲酌"，不了解东方习惯的西方人就会满腹疑团：为什么单单用"不丰盛的宴席"来请客呢？日本人送人礼品，往往写上"粗品"二字，西方人又会问：为什么不用"精品"来送人呢？在西方，对老师、对朋友，必须说真话，会多少，就说多少。如果你说，这个只会一点点儿，那个只会一星星儿，他们就会信以为真，在东方则不会。这有时是很危险的。至于吹牛之流，则为东西方同样所不齿，不在话下。

可是怎样掌握这个分寸呢？我认为，在这里，真诚是第一标准。虚怀若谷，如果是真诚的话，它会促你永远学习，永远进步。有的人永远"自我感觉良好"，这种人往往不能进步。康有为是一个著名的例子。他自称，年届而立，天下学问无不掌握。结果说康有为是一个革新家则可，说他是一个学问家则不可。较之乾嘉诸大师，甚至于清末民初诸大师，包括他的弟子梁启超在内，他在学术上是没有建树的。

总之，谦虚是美德，但必须掌握分寸，注意东西。在东方谦虚涵盖的范围广，不能施之于西方，此不可不注意者。然而，不管东方或西方，必须出之以真诚。有意的过分的谦虚就等于虚伪。

1998 年 10 月 3 日

成 功

> 把成功的三个条件拿来分析一下,天资是由"天"来决定的,我们无能为力。机遇是不期而来的,我们也无能为力。只有勤奋一项完全是我们自己决定的,我们必须在这一项上狠下功夫。

什么叫成功?顺手拿来一本《现代汉语词典》,上面写到,"成功:获得预期的结果。"言简意赅,明白之至。

但是,谈到"预期",则错综复杂,纷纭混乱。人人每时每刻每日每月都有大小不同的预期,有的成功,有的失败,总之是无法界定,也无法分类的。我们不去谈它。

我在这里只谈成功,特别是成功之道。这又是一个极大的题目,我却只是小做。积七八十年之经验,我得到了下面这个公式:

天资 + 勤奋 + 机遇 = 成功

"天资"，我本来想用"天才"。但天才是个稀见现象，其中不少是偏才，所以我弃而不用，改用"天资"。大家一看就明白。这个公式实在是过分简单化了，但其中的含义是清楚的。搞得太繁琐，反而不容易说清楚。

谈到天资，首先必须承认，人与人之间天资是不相同的。这是一个事实，谁也否定不掉。"十年浩劫"中，自命天才的人居然号召大批天才。葫芦里卖的是什么药，至今不解。到了今天，学术界和文艺界自命天才的人颇不稀见，我除了羡慕这些人"自我感觉过分良好"外，不敢赞一词。对于自己的天资，我看，还是客观一点好，实事求是一点好。

至于勤奋，一向为古人所赞扬。囊萤、映雪、悬梁、刺股等故事流传了千百年，家喻户晓。韩文公的"焚膏油以继晷，恒兀兀以穷年"，更为读书人所向往。如果不勤奋，则天资再高也毫无用处。事理至明，无待饶舌。

谈到机遇。往往为人所忽视。它其实是存在的，而且有时候影响极大。就以我自己为例，如果清华不派我到德国去留学，则我的一生完全不会像现在这个样子。

把成功的三个条件拿来分析一下，天资是由"天"来决定的，我们无能为力。机遇是不期而来的，我们也无能为力。只有勤奋一项完全是我们自己决定的，我们必须在这一项上狠下功夫。在这里，古人的教导也多得很。还是先举韩文公，他说："业精于勤荒于嬉，行成于思毁于随。"这两句话是大家都熟悉的。

王静安在《人间词话》中说："古今之成大事业大学问者必经过三种之境界。'昨夜西风凋碧树。独上高楼，望尽天涯路'，此第一境也。'衣带渐宽终不悔，为伊消得人憔悴'，此第二境也。'众里寻他千百度，蓦然回首，那人却在灯火阑珊处'，此第三境也。"静安先生第一境写的是预期，第二境写的是勤奋，第三境写的是成功。其中没有写天资和机遇。我不敢说这是他的疏漏，因为写的角度不同。但是我认为，补上天资与机遇，似更为全面。我希望，大家都能拿出"衣带渐宽终不悔"的精神来做学问或干事业，这是成功的必由之路。

2000 年 1 月 7 日

论压力

> 我的"三不主义"的第三条是"不嘀咕",我认为,能做到遇事不嘀咕,就能排除自己造成的压力。

《参考消息》今年7月3日以半版的篇幅介绍了外国学者关于压力的说法。我也正考虑这个问题,因缘和合,不免唠叨上几句。

什么叫"压力"?上述文章中说:"压力是精神与身体对内在与外在事件的生理与心理反应。"下面还列了几种特性,今略。我一向认为,定义这玩意儿,除在自然科学上可能确切外,在人文社会科学上则是办不到的。上述定义我看也就行了。

是不是每一个人都有压力呢?我认为,是的。我们常说,人生就是一场拼搏,没有压力,哪来的拼搏?佛家说,生、老、病、死、苦,苦也就是压力。过去的国王、皇帝,近代外国的独裁者,无法无天,为所欲为,看上去似乎一点压力都没有。然而他们却战战兢兢,时时如临大敌,担心边患，担心宫廷政变，担心被毒害、被刺杀。他们是世界上最孤独的人，压力比任何人都大。大资本家钱太多了，担心股市升降，房地产价波动，等等。至于吾辈平民老百姓，"家家有一本难念的经"，这些都是压力，谁能躲得开呢？

　　压力是好事还是坏事？我认为是好事。从大处来看，现在全球环境污染，生态平衡破坏，臭氧层空洞，人口爆炸，新疾病丛生等等，人们感觉到了，这当然就是压力，然而压出来却是增强忧患意识，增强防范措施，这难道不是天大的好事吗？对一般人来说，法律和其他一切合理的规章制度，都是压力。然而这些压力何等好啊！没有它，社会将会陷入混乱，人类将无法生存。这个道理极其简单明了，一说就懂。我举自己做一个例子。我不是一个没有名利思想的人，我怀疑真有这种人，过去由于一些我曾经说过的原因，表面上看起来，我似乎是淡泊名利，其实那多半是假象。但是，到了今天，我已至望九之年，名利对我已经没有什么用，用不着再争名于朝，争利于市，这方面的压力没有了。但是却来了另一方面的压力，主要来自电台采访和报刊以及友人约写文章。这对我形成颇大的压力。以写文章而论，有的我实在不愿意写，可是碍于面子，不得不应。应就是压力。于是拨冗苦思，往往能写出有点新意的文章。对我来说，这就是压力的好处。

　　压力如何排除呢？粗略来分类，压力来源可能有两类：一被动，一主动。天灾人祸，意外事件，属于被动，这种压力，无法预测，只有泰然处之，切不可杞人忧天。主动的来源于自身，自己能有所作为。我的"三不主义"的第三条是"不嘀咕"，我认为，能做到遇事不嘀咕，就能排除自己造成的压力。

1988 年 7 月 8 日

三思而行

> 遇事必须深思熟虑。先考虑可行性，考虑的方面越广越好。然后再考虑不可行性，也是考虑的方面越广越好。正反两面仔细考虑完以后，就必须加以比较，做出决定，立即行动。

"三思而行"，是我们现在常说的一句话，是劝人做事不要鲁莽，要仔细考虑，然后行动，则成功的可能性会大一些，碰壁的可能性会小一些。

要数典而不忘祖，也并不难。这个典故就出在《论语·公冶长第五》："季文子三思而后行。子闻之曰：'再，斯可矣。'"这说明，孔老夫子是持反对意见的。吾家老祖宗文子（季孙行父）三思而后行的举动，两千多年以来，历代都得到了几乎全天下人的赞扬，包括许多大学者在内。查一查《十三经注疏》，就能一目了然。《论语正义》说："三思者，言思之多，能审慎也。"许多书上还表扬了季文子，说他是"忠而有贤行者"。甚至有人认为三思还不够。《三国志·吴志·诸葛恪传注》中说：有人劝恪"每事必十思"。可是我们的孔圣人却冒天下之大不韪，批评了季文子三思过多，只思二次（再）就够了。

这怎么解释呢？究竟谁是谁非呢？

我们必须先弄明白，什么叫"三思"。总起来说，对此有两个解释：一个是"言思之多"，这在上面已经引过；一个是"君子之谋也，始衷（中）终皆举之而后入焉"，这话虽为文子自己所说，然而孔子以及上万上亿的众人却不这样理解。他们理解的，一直到今天，仍然是"多思"。

多思有什么坏处呢？又有什么好处呢？根据我个人几十年来的体会，除了下围棋、象棋等等以外，多思有时候能使人昏昏，容易误事。平常骂人说是"不肖子孙"，意思是与先人的行动不一样的人。我是季文子的最"肖"子孙。我平常做事不但三思，而且超过三思，是否达到了人们要求诸葛恪做的"十思"，没做统计，不敢乱说。反正是思过来、思过去，越思越糊涂，终而至于头昏昏然，而仍不见行动，不敢行动。我这样一个过于细心的人，有时会误大事的。我觉得，碰到一件事，绝不能不思而行，鲁莽行动。记得当年在德国时，法西斯统治正如火如荼。一些盲目崇拜希特勒的人，常常使用一个词儿"Darauf-galngertum"，意思是"说干就干，不必思考"。这是法西斯的做法，我们必须坚决扬弃。遇事必须深思熟虑。先考虑可行性，考虑的方面越广越好。然后再考虑不可行性，也是考虑的方面越广越好。正反两面仔细考虑完以后，就必须加以比较，做出决定，立即行动。如果你考虑正面，又考虑反面之后，再回头来考虑正面，又再考虑反面，那么，如此循环往复，终无宁日，最终成为考虑的巨人，行动的侏儒。

所以，我赞成孔子的"再，斯可矣"。

有为有不为

> 我的希望很简单,我希望每个人都能有为有不为。一旦"为"错了,就毅然回头。

"为",就是"做"。应该做的事,必须去做,这就是"有为"。不应该做的事必不能做,这就是"有不为"。

在这里,关键是"应该"二字。什么叫"应该"呢?这有点像仁义的"义"字。韩愈给"义"字下的定义是"行而宜之之谓义"。"义"就是"宜",而"宜"就是"合适",也就是"应该",但问题仍然没有解决。要想从哲学上、从伦理学上说清楚这个问题,恐怕要写上一篇长篇论文,甚至一部大书。我没有这个能力,也认为根本无此必要。我觉得,只要诉诸一般人都能够有的良知良能,就能分辨是非善恶了,就能知道什么事应该做,什么事不应该做了。

中国古人说:"勿以善小而不为,勿以恶小而为之。"可见善恶是有大小之别的,应该不应该也是有大小之别的,并不是都在一个水平上。什么叫大?什么叫小呢?

这里也用不着烦琐的论证，只须动一动脑筋，睁开眼睛看一看社会，也就够了。

小恶、小善，在日常生活中随时可见。比如，在公共汽车上给老人和病人让座。能让，算是小善；不能让，也只能算是小恶，够不上大逆不道。然而，从那些一看到有老人或病人上车就立即装出闭目养神的样子的人身上，不也能由小见大看出了社会道德的水平吗？

至于大善大恶，目前社会中也可以看到，但在历史上却看得更清楚。比如宋代的文天祥。他为元军所虏，如果他想活下去，屈膝投敌就行了，不但能活，而且还能有大官做，最多是在身后被列入"贰臣传"，"身后是非谁管得"，管那么多干吗呀！然而他却高赋《正气歌》，从容就义，留下英名万古传，至今还在激励着我们的爱国热情。

通过上面举的一个小恶的例子和一个大善的例子，我们大概对大小善和大小恶能够得到一个笼统的概念了。凡是对国家有利、对人民有利、对人类发展前途有利的事情就是大善，反之，就是大恶。凡是对处理人际关系有利、对保持社会安定团结有利的事情可以称之为小善，反之，就是小恶。大小之间有时难以区别，这只不过是一个大体的轮廓而已。

大小善和大小恶有时候是有联系的。俗话说："千里之堤，溃于蚁穴。"拿眼前常常提到的贪污行为而论，往往是先贪污少量的财物，心里还有点打鼓。但是，一旦得逞，尝到甜头，又没被人发现，于是胆子越来越大，贪污的数量也越来越多，终至一发而不可收，最后受到法律的制裁，悔之晚矣。也有个别的识时务者，迷途知返，就是所谓浪子回头者，然而难矣哉！

我的希望很简单，我希望每个人都能有为有不为。一旦"为"错了，就毅然回头。

2001年2月23日

我的心不止于这世界：季羡林读书与行走

作者
季羡林

选编者
王星淏

封面绘图
桃　年

内文插图
桃　年

项目策划
李　潇

装帧设计
余诗立

策划编辑
方　莹

责任编辑
尤敏　梁玉刚　方莹　张琦

特约编辑
李强　宋晓萍

责任发行
周冬梅

出版社
中国致公出版社

总出品
湖北知音动漫有限公司

制作出品
知音动漫图书·文艺坊